플레이 플레이, 은하고

김재성 장편소설

문학동네

차례

제1부
보이지 않는 상대

1

　"골키퍼가 실점을 두려워하면 안 되는 거야. 다 경험이다 생각하고 후반에 두 골만 내줘. 오늘은 승패가 중요한 게 아니잖아, 안 그래? 넌 내 말만 잘 들으면 앞으로 대학이든 프로 팀이든 걱정 없어. 무슨 말인지 알지?"

　고교 챌린지 리그의 왕중왕전 진출을 결정지을 정규 리그 마지막 경기가 벌어지고 있었다. 마지막 경기는 이미 진출을 확정지은 은하공업고등학교와 이번 경기의 승리 여부 및 타 구장의 경기 결과에 따라 진출이 결정되는 유성고등학교의 대결이었다. 전반전을 0대 0으로 마친 하프타임에 축구화 끈을 고쳐 매고 있던 은하공고의 골키퍼 안영배가 코치 이영호의 호출을 받았다.

이미 진출권을 따 놓은 팀의 상황을 말해 주듯, 안영배는 1학년임에도 마지막 경기의 선발로 출전했다. 선발로 출전한 첫 경기였다.

이날 경기는 후반전에 두 골을 몰아 넣은 유성고가 은하공고를 2대 0으로 이겼다. 유성고는 같은 시각 타 구장에서 화성고에 0대 1로 패한 금성고를 골 득실 차로 따돌리며 조 3위로 왕중왕전에 진출했다. 종료 직전인 후반 사십이 분과 사십사 분에 극적으로 들어간 골 덕택에, 설립 재단이 같은 유성고와 은하공고는 나란히 왕중왕전 진출권을 획득했다.

티브이 중계는 물론 지역신문의 기삿거리조차 되지 않는 고교 축구의 현실은 일 년을 진행해 온 정규 리그의 마지막 경기가 벌어지는 현장의 썰렁한 분위기에서 잘 드러났다. 리그의 경기 결과는 그 누구의 관심사도 아니었고, 오직 왕중왕전에서 우승 혹은 준우승을 차지한 팀과 그 선수들만이 주목을 받았다.

2

"또 도전할 거야?"

"이건 이미 도전이 아니라 생활에 가까워."

"그럼, 또 하겠단 말이네."

"어쩔 수 없어. 이 길에 들어선 이상."

이런 대화가 가능할 정도로 패기 넘치던 무렵의 경쟁률은 20대 1 정도였다. 어느 해에는 13대 1까지 낮아진 적도 있었고, 운 좋게 2차 합격까지 간 적도 있었다. 이 년차, 삼 년차 시절이었던 것으로 기억한다. 그렇게 한 해 한 해 더한 김현수의 영어 중등교사 임용시험 경력은 올해로 오 년차였다. 처음의 패기는 노련함으로, 한두 번씩 찾아들던 좌절감은 더욱 간절해진 긴장감으로 모양을 바꿔 나가며 발전을 거듭했다고 김현수는 혼자서 생각했다. 불안한 수험생들은 홀로 책상에 앉아 저마다 하나씩 인터넷 커뮤니티에 가입하고 정보를 나눴다.

—14대 1 정도면 올해도 할 생각입니다. 그거 딱 주전 선수 열하나에 교체 선수 셋까지 합했을 때 나오는 경쟁률이잖아요. 그 정도면 아직 희망이 있다고 봐야죠.

김현수의 경우에는 그 커뮤니티가 피파온라인이라는 축구 게임 클럽이었다. 게임 채팅창에서 매일 만나는, 이름도 얼굴도 모르는 닉네임들이 김현수의 대화 상대였다. 클럽에서 오랜 게임 경력을 쌓은 친구들은 하나같이 수험생들이었고, 그중에서도 김현수는 최장수생 대열에 들었다. 규칙적인 오락은 오히려 시험공부에 도움이 되며, 긴장감을 불어넣어 정신을 맑고 초연하게 유지하는 데 도움이 된다는 것이 그들 세계의 명언이었다. 고

시든, 공무원 시험이든, 오 년 이상 준비하면 모든 일에 초연해지는데, 그 흔들림 없는 초연함이 합격의 바탕이 되리라는 김현수의 말도 꽤나 지지를 얻었다. 이만큼 했는데 아까워서 어떻게 포기하느냐, 이제 와서 급수를 낮추거나 계약직으로 들어가면 성에 찰 것 같으냐는 투정이 그들 세계의 자존심을 대변했다. 다만 키보드 공놀이에도 승자와 패자는 있어서, 게임의 승패로 다음 시험의 당락을 예측해 보는 일이 유행이었다.

현재로서는 상상하기 힘들지만 초등학교 시절 김현수는 축구 선수였다. 중학교 진학을 앞둔 어느 겨울날 학교를 찾아온 김현수의 어머니가 우리 현수는 이제 축구 그만두고 공부를 해야 합니다, 라며 코치를 만나 일반 중학교에 입학원서를 넣기로 합의했다. 김현수는 뒤늦게 코치를 찾아가 저 이제 축구 못 해요? 정말 못 해요? 왜요? 라며 엉엉 울었다. 코치는 너 인마 계속 축구해 봐야 빛 볼 일 없어. 여기서 그만두고 공부나 해, 라며 쫓아냈다. 나는 무조건 황선홍보다 더 멋있는 공격수가 될 거야, 라며 부푼 꿈을 꾸던 김현수는 그 뒤로 다시는 축구화를 신지 않았다. 왜 나이가 어리다는 이유로 부모님과 다른 어른들에 의해 꿈이 결정되어야 했는지, 열두 살의 현수는 이해할 수 없었다. 뚱뚱해진 몸으로 주말마다 외국 축구 리그를 챙겨 보고 피파온라인 게임을 즐기는 것이 유일한 낙인 서른 살 어설픈 어른 김현수에게, 그날 일은 아직도 생생했다.

중등교사 임용시험의 경우 매년 9월 말, 10월 초에는 원서 접수가 시작되고, 시험은 한 달 뒤인 11월 초다. 그 사이에 해당 시험의 합격 경쟁률이 발표된다. 김현수는 이제 더 이상 내려앉을 데도 없이 지쳐 버린 의자에 푹 파묻혀 다섯 번째 임용시험 원서를 써넣으며 한숨을 푹 쉬었다. 어느새 다섯 해나 지났는지, 지나간 세월을 돌이켜 보면 할 말이 없었다. 세 번째 낙방했을 무렵에는 주위에서 그만하고 기간제 계약직 교사로 들어가든지 다른 길을 찾아보라는 조언도 꽤나 들려왔었는데, 지금은 주변의 모든 것이 다 사라지고 온몸을 뒤덮은 셀룰라이트만 남았다.

공부는 정신력이고 정신력은 체력이 뒷받침되어야 하는데, 체력 관리에는 무엇보다 잘 먹는 것이 중요하다며 기름진 음식 위주로 든든히 챙겨 먹는 김현수는 이미 0.1톤을 상회했다. 독하게 마음먹은 수험생처럼 보이기 위해 착용한 굵고 까만 뿔테 안경은 이제 두툼해진 턱과 볼살 탓에 축축 처지는 눈매를 가리는 도구로 전락했다. 모처럼 거울 앞에 서면 갑갑해진 외모와 목소리로 학생들 앞에 서서, 잘되지도 않는 발음으로 영어를 가르치는 자신의 모습이 떠올라 끔찍했다. 요즘 아이들은 외모가 1순위라던데. 애들한테까지 비웃음거리가 되면 어떡하지. 이게 다, 가기 싫다는 사범대학에 억지로 원서를 넣어 버린 고3 때 담임 때문이야. 그 인간만 아니었어도! 나는 절대 그런 선생은 되지 말아야지.

우선 시험에 합격을 해야 아이들 진로를 마음대로 결정하지 않는 좋은 선생님도 될 수 있는 노릇이었다. 계약직으로 들어가는 방법이 있기는 하지만 오 년을 시험으로 보내 버린 오기 탓인지, 시험이라는 제도의 정당성을 얻지 못하면 끝내는 아무것도 아니라는 고집 때문인지 김현수는 그것만은 죽기보다 싫었다. 안 그래도 못난 몸뚱이를 하고 아이들 앞에 서는 것이 두려운데, 거기다가 계약직이라니. 그러나 어느덧 서른에 가까운 나이에다. 은퇴가 가까운 부모님께 더 이상은 '밥 주세요'를 외칠 수가 없어서 올해 시험에서 떨어진다면 내년부터는 삶과 죽음의 갈림길에 놓인 사람의 심정으로 계약직 교사에 지원해 볼 생각이었다.

—이번 경쟁률이 15대 1을 넘으면 저는 계약직으로 들어갈 생각이에요. 눈물의 계약직. 똑같은 일을 해도 처우는 다르다는 바로 그 악몽의 비정규직. 미래는 알 수 없는 거겠죠? 흑흑.

—그만 울고 한 게임 합시다. 3판 2선승제로. 저한테 이기면 희망이 싹틀지도 모르죠. 두 판 먼저 이기더라도 세 판은 채웁시다. 고고고!

김현수는 내리 세 판을 졌고, 이번 중등교사 임용시험 영어과의 경쟁률은 24대 1을 기록했다.

3

　김현수가 일 년짜리 계약을 맺고 영어 교사로 근무하게 될 고 등학교는 꽤 규모 있는 공업고등학교였다. 지역의 유수한 철강 회사가 설립하고 후원하고 있어서 학교 시설물들은 어느 것 하 나 낡은 것이 없었고 깔끔하게 관리되어 있었다.

　기간제 교사 면담 자리에서 교장 선생님은 학교의 오랜 전통 과 대한민국 경제 발전에 기여한 모기업의 업적에 자부심을 가 져야 하며, 애교심이 있는 선생님들에 한해 정식 교사로 임용할 것임을 강조했다. 사립학교의 교원 임용 방식에 대해서는 말도 많고 탈도 많은 것으로 알려졌지만 우리 학교의 투명한 임용 방 식에 이의를 제기한 교사는 단 한 명도 없었다, 라며 의기양양 했다. 이 학교의 학생 양성 목적은 첫째 공학도 배출, 둘째 모기 업에 우수 노동력 제공, 셋째 지역사회 경제 활성화에 기여, 였 다. 모기업이 이사회의 의장으로 있는 공업대학으로의 진학률 은 그리 높은 편은 아니었고 가장 엘리트인 학생 다섯 명 정도 가 해마다 진학했다. 반면 매해 오십 명에서 백 명 정도는 모기 업으로 취업했다. 우수 노동력 제공이라는 목표는 어느 정도 달 성 중인 셈이었다. 그것이 지역사회의 경제 활성화에 미치는 영향도 알 수 없었지만 고등학교만 졸업한 그들이 어떤 환경에서 어떻게 일하게 될지도, 김현수는 짐작할 수 없었다.

정식으로 시험에 통과해 발령받은 학교가 아니라 그런지, 김현수는 높은 선생님들을 대하는 자리가 가시방석이었다. 서른의 나이에도 불구하고 첫 학교라는 사실을 다른 기간제 교사들에게 들키지 않기 위해 시종일관 여유로운 태도를 보이려 했지만, 손수건을 챙겨 오지 않았더라면 한겨울에 눈치도 없이 흐르는 땀을 감출 방법이 없었을 것이었다.

교장 선생님은 전체 브리핑을 끝내고 개별 면담 시간을 배정했다. 이번에 새로 계약직으로 근무하게 될 교사는 다섯 명이었는데, 그중 영어과인 김현수를 제외하면 나머지는 금속, 화공, 컴퓨터 관련 기술 교사들이었다. 기술 관련 교사들은 해당 과목 부장 선생님과 개별 면담을 가졌고, 영어과인 김현수는 영어과 부장이기도 한 교감 선생님과 면담을 진행했다.

"김현수 씨, 반갑습니다. 우리 학교가 처음이시라고요?"

"예. 그렇습니다."

"나이가 좀 있으신데, 혹시 다른 이유가 있나요? 이력서에는 특별한 이력이 없던데."

"임용고사에 올인했습니다. 그러다가 방황도 좀 하고. 직종을 바꿔서 취업할까도 고민했는데 오래 준비한 시험이 아깝기도 하고 해서. 별다른 이유는 없습니다."

"그렇군요. 우리 학교는 공업고등학교입니다. 일반 인문계 고등학교와 달리 열심히 공부하려는 학생들은 많지 않아요. 다들 기술이나 빨리 배워 취업하려는 학생들이지요. 요즘 대학 가려면 영어 실력이 중요하다고 하지만 이 학교에서 그게 통하나요. 아마 수업하시는 데 애를 조금 먹을 겁니다. 이전에 계시던 영어 선생님들도 다 본인들이 자청해서 떠났어요. 그래서 남자 선생님이 오셨으면 한 거고. 유념하세요. 아, 요즘 남자 선생님이 귀해서 바로 2학년 담임으로 들어가실 텐데, 괜찮으시죠?"

김현수는 교무실을 떠나며 한숨을 내쉬었다. 남자 선생님이 귀하면 정식 교사를 더 뽑을 것이지 왜 계약직 교사한테 담임까지 맡으라는 건지 이해할 수 없었다. 거기다가 영어 공부를 포기한 사나운 학생들이 으르렁거릴 교실을 생각하니 벌써부터 계약 파기 조건이 머릿속에 떠오르기 시작했다. 내가 여기서 뭐 하는 짓일까. 교감이 기간제 계약직으로 교원을 뽑을 수밖에 없는 학교의 형편을 미안해하기라도 했으면 기분이 좀 나았을까. 나는 왜 이 권위적인 사람에게 일자리를 주셔서 감사하다고 고개 숙여야 하나. 시험에 통과하지 못한 죄가 이다지도 크구나, 라고 김현수는 생각했다. 첫 출근을 앞두고, 김현수는 교사로서 첫발을 내디딜 희망찬 미래를 그려 보는 대신 죄수처럼 남은 기간을 세어 보아야 하는 자신의 처지가 못내 안쓰러웠다. 그냥 오버하지 말고 아이들에게 왕따나 당하지 않도록 쉽고 좋게 한

해를 마무리했으면 좋겠다고 생각했다.

4

안영배는 2학년이 되면서 은하공업고등학교의 주전 골키퍼 자리를 확보했다. 등 번호 1번의 전 주인은 지역 프로 축구 팀으로 직행했다. 안영배에게는 좋지 않은 소식이었다. 앞으로 이 년간 실력을 보이지 못하면 지역 프로 팀과 계약하는 일은 거의 불가능했다. 지역 프로 팀은 골키퍼를 세 명 이상 키울 여력이 없었다. 주전 골키퍼와 서브 골키퍼가 한 명씩 버티고 있다면 누군가 은퇴하지 않는 이상, 혹은 걸출한 스타가 되지 않는 이상 진입은 어려웠다.

안영배는 작년 챌린지 리그에서 한 경기에 선발 출전해 두 골을 실점했다. 교체 명단에 매번 이름을 올리기는 했지만 골키퍼가 교체되는 일은 거의 없었다. 1학년 내내 벤치를 지키다가 팀의 정규 리그 우승과 왕중왕전 진출이 확정된 후 선발 출전했고, 전반전을 실점 없이 선방했다. 하프타임에 코치의 갑작스러운 주문이 없었다면 후반전에도 실점이 없었을 것이라고, 안영배는 생각했다. 후반전에 안영배는 상대 공격수의 돌파를 알고서도 각을 좁히며 나오지 않았고 중거리 슈팅의 예상 궤적을 알고서도 몸을 날리지 않았다. 팀은 정규 리그 우승이 확정된 상태로 마지막 경기를 치렀고, 패배하더라도 경기 후에는 우승 세리머니가 준비되어 있었다. 안영배의 실수에는 그 누구도 관심을 가지지 않았다. 안영배의 실수 덕에 상대 팀은 정규 리그 3위로 왕중왕전에 진출했다. 코치가 바란 것은 이것이었다. 안영배도 어느 정도는 알고 있었다.

안영배는 초등학교 5학년에 축구를 시작했다. 또래 아이들보다 키가 컸고 발육도 빨랐다. 거뭇거뭇한 수염이 자랐고 사타구니와 겨드랑이에 검고 굵은 털이 자랐다. 축구를 시작하기 전에 이미 178센티미터의 키를 기록했다. 어디에 서 있어도 눈에 띄었다. 운동장에서 뛰어노는 안영배를 눈여겨본 초등학교 축구부 코치가 안영배를 축구부에 영입했다. 초등학교 축구부는 인원의 제한이 없었고 코치는 발육 상태가 좋거나 발놀림이 빠른 아이들을 놓치지 않았다. 코치는 초등학교 축구부 운영에 소질이 있었다. 한 명당 한 달에 십만 원, 일 년에 백이십만 원을 받았다.

안영배는 단거리 주파에서는 큰 폭발력이 없었으나 반사 신경이 남달랐고 팔다리가 길었다. 코치는 안영배에게 스트라이커를 제안했지만 안영배는 두 번 출전에 한 골밖에 기록하지 못했다. 초등학교 경기는 거의 스트라이커에 득점이 집중되고 경기당 득점수도 많은 편이었다. 안영배는 모든 패스가 자신에게 집중되는 경기 흐름이 부담스러웠다. 골을 넣는 기쁨보다 해결하지 못할 때 느끼는 미안함과 자책감이 더 컸다.

　안영배는 골키퍼를 자원했다. 어린 선수들은 골문을 지키며 멀뚱히 서 있어야 하는 골키퍼를 꺼려 했다. 골을 넣어 주목받고 싶어 했고, 그래야 축구를 잘하는 것이라 여겼다. 삼십 명이 넘는 초등학교 축구부에 골키퍼는 안영배가 유일했다. 초등학교 시절 코치는 골문을 든든히 지켜 줘서 고맙다는 말은 별로 한 적이 없었다. 코치는 주로 골을 잘 넣는 방법과 전술을 가르쳤는데, 안영배는 그 전술에 맞게 잘 막는 방법을 스스로 배웠다.

　안영배는 6학년 때 리그 최고의 골키퍼에게 주는 상을 받았다. 자연스럽게 중학교와 고등학교에서도 골키퍼 포지션을 이어 갔다. 안영배는 골문을 지키는 골키퍼가 자신에게 가장 잘 어울린다고 생각했다.

　고등학교 2학년 안영배는 키 187센티미터 몸무게 85킬로그램의 은하공고 주전 골키퍼가 되었다. 안영배의 지난 시즌 성적은 1경기 2실점으로 빈약했지만 팀에 3학년 골키퍼와 2학년 경쟁 상대가 없는 상황에서 안영배가 주전이 된 것은 자연스러운 일이었다. 개학과 거의 동시에 시작되는 챌린지 리그에서 안영배는 첫 경기부터 선발로 출전할 것이 분명했다. 올해 입학한 서브 골키퍼는 키가 작고 몸놀림이 둔했다. 원래 미드필더였다가 주전 경쟁에서 밀려 중학교 3학년 때 골키퍼로 포지션이 변경된 선수였다.

작년 정규 리그 마지막 경기에서, 안영배는 코치의 지시를 듣고 순간 울컥했다. 왜 일부러 경기에서 져 주라는 건지 이해할 수 없었다. 그러나 일단은 코치의 지시였고, 대학이든 프로 팀이든 걱정하지 말라는 마지막 말에 안영배는 고개를 숙였다. 선발로 출전시켜 준 감독의 결정에 코치의 역할이 대단히 컸다는 것을 알고 있었다. 안영배는 후반전 사십 분 내내 갈등했지만 마지막에는 그의 말대로 실점하는 것도 전술적인 경험이 될 것이란 마음으로 코치의 지시를 따랐다.

　그러나 실점하는 기분은 묘했다. 막기 위해 몸을 날리고 싶었지만 참고 버틴 순간, 도대체 내가 여기 이 골문 앞에 왜 서 있나 하는 생각이 스쳤다. 코치가 멀리서 손짓하는 모습이 보였다. 안영배는 그래 이건 내 실력이 아니야, 나는 잘 막는 골키퍼야, 라며 마인드 컨트롤 했다. 그러나 죄책감은 사라지지 않았다. 이건 아니잖아. 분명히 정정당당하지 못했다.

　은하공고의 우승 세리머니에 유성고 선수들도 참가해 기쁨을 함께 나눴다. 설립 재단이 같은 두 학교의 학생들은 마치 한 팀인 듯 즐거웠다.

　코치가 다가와 안영배의 어깨를 두드려 주었다.

　"잘했어. 내년에도 우승하자고, 안영배."

　안영배는 이상한 지시를 내린 코치가 미웠지만, 한편으로는 오늘 선발로 출전시켜 주어 고맙기도 했다. 자신이 알지 못하는 여러 가지 사정이 있을 거라며 코치의 심정을 이해하려 애썼다. 하지만 자신에게는 관대하지 못했다. 괜찮다고 스스로를 달랬다가 비겁한 놈이라 욕했다가를 반복했다. 결국 그 혼란의 구렁텅이를 빠져나오는 데 오랜 시간이 걸렸다. 그럴수록 안영배는 운동에 집중했다.

5

"그래? 얼마 줄 건데?"

"얼마가 어딨어 인마, 한솥밥 먹는 처지에 이거 왜 이래."

"농담이야 인마. 너네 지금 금성고랑 몇 점 차야? 승점 3점에 골 득실 두 골? 이거 너무 아깝네."

유성고 축구부 코치 김민수가 은하공고 축구부 코치 이영호를 찾아왔다. 둘은 초등학교 시절부터 함께 축구를 해 온 축구 동창이었다. 정규 리그 마지막 경기를 남기고 조 선두를 확정 지은 은하공고의 이영호는 여유만만했다. 하지만 마지막 경기의 승패 여부에 따라, 혹은 승리하더라도 골 득실 차에 따라 왕중왕전 출전 여부가 결정되는 유성고의 김민수는 애가 탔다. 한 경기만을 남겨 둔 상황에서 현재 A조 4위인 유성고는 각 조 3위까지 주어지는 왕중왕전 진출권을 따내기 위해 막바지 훈련에 박차를 가하고 있었다. 그러나 현재 A조 3위인 금성고가 화성고에 승리한다면 유성고가 마지막 경기에 승리하더라도 왕중왕전 진출은 물거품이 되어 버리는 상황이었다. 가장 좋은 시나리오는 금성고가 화성고에 패배하고 유성고가 은하공고에 두 골 이상의 점수 차로 승리하는 것이었다. 금성고에게 좀 지면 안 되겠냐고 사정할 수도 없고, 화성고에 좀 잘해서 이기라고 할 수도 없는 상황. 유성고의 김민수가 할 수 있는 일이라고는 마지막 경기에서 무조건 지지 않는 것뿐이었다. 하지만 노력한다고 은하공고에 이긴다는 보장도 없었다. 그래서 이영호를 찾아온 것이다.

"일단, 내가 경기 시작하는 시각을 좀 늦춰 볼게. 애들 좀 늦게 들여보내고 심판 불러서 항의 좀 하면 최대한 오 분 정도는 늦출 수 있을 거란 말이야. 절대로 우리 쪽 경기가 먼저 끝나면 안 되는 거지."

"그럼 뭐야, 저쪽 경기 경과 주시하다가 금성고가 졌다 싶으면 막판에 몰아친다? 그게 되겠어?"

"우린 어차피 지금 금성고가 지길 바라는 수밖에 없잖아. 그러니까 저쪽 경기 상황 좀 봐 가면서 후반에 두 골만 좀 부탁하자. 너희는 이미 올라갔잖아. 사정 좀 봐주라, 야."

"야, 이거 여차하면 큰일 나는 거야. 너도 알잖아. 이 짓도 그만하고 싶어서 그러냐?"

"그러니까 너한테 부탁하는 거 아니냐. 후반 막판에 두 골 정도 들어가는 걸 이상하게 생각하는 사람 없어. 그날 취재가 있냐 관중이 있냐, 뭐가 있어. 아무것도 없잖아."

이영호는 설립 재단이 같은 두 학교가 동시에 왕중왕전에 진출하는 것도 괜찮겠다고 생각했다. 이번 경기에서 조금 손을 써주고 왕중왕전에서 또 어떤 일이 생길지 모르니 그때 이번 건을 계기로 이득을 볼 수 있을지도 모를 일이었다.

그는 마지막 경기에서 감독에게 선발 골키퍼로 1학년 안영배를 내보낼 것을 건의했다. 감독은 이미 왕중왕전 진출권을 따놓은 상황에서 1학년 선수들의 경험을 위해 좋은 선택이라고 여겼다. 경기장 안의 결정권은 감독에게 있었지만 경기장 밖에서 선수들과 가장 가까이 지내는 인물은 코치 이영호였기에 선발 선수 명단의 기초 작업은 이영호의 전담이었다. 게다가 최근에는 은퇴를 앞둔 감독이 거의 모든 권한을 이영호에게 위임하고 있었다. 덕분에 안영배는 정규 리그의 마지막 경기에서 선발로 출전할 수 있었다.

전반전이 끝났을 때 은하공고와 유성고의 스코어는 0대 0이었다. 주전 선수를 대거 교체하고 1학년 선수들 위주로 경기에 내보낸 은하공고였지만 골키퍼 안영배의 예상 외의 선방으로 유성고의 득점 기회는 번번이 무산되었다.

이영호는 하프타임에 안영배를 불렀다. 모든 것이 안영배에게 달려 있다는 생각이 들었다. 이영호는 안영배에게 두 골을 내줄 것을 지시했다. 대학 진학이나 프로 진출에 힘을 써 주겠다는 거짓말도 잊지 않았다.

안영배는 이영호의 지시대로 명백한 슈팅 찬스에서 스트라이커와 맞서지 않으며 한 골을 실점했고 중거리 슛의 궤적을 놓친 척 두 번째 골을 실점했다. 이영호는 혹시나 안영배의 연기력이 어설퍼서 골치 아픈 상황이 벌어질까 불안했지만 안영배는 기대 이상으로 유연하게 상황을 만들어 냈다.

경기가 끝나고 이영호는 안영배에게 수고했다며 어깨를 한 번 툭 쳐 주었다. 김민수는 이영호와 악수하며 의미심장한 미소를 보냈다. 운 좋게도 금성고가 화성고에 0대 1로 패하면서 은하공고와 유성고는 사이좋게 왕중왕전에 진출했다. 김민수와 이영호가 바라던 시나리오 그대로였다.

이영호는 뒤풀이에서 선수들과 삼겹살을 구우며 왕중왕전 우승도 우리의 것임을 외쳤다.

각자의 뒤풀이를 마치고 이영호와 김민수는 시내의 룸살롱에서 다시 만났다. 김민수가 학교 법인 카드로 술값을 치렀다.

이영호와 김민수가 룸살롱에서 여자들에게 둘러싸여 비싼 양주를 마실 때 안영배는 집으로 돌아가지 못하고 밤거리를 헤맸다. 실점할 때 느꼈던 자괴감이 온몸 구석구석을 떠나가질 않았다. 손끝이 조금씩 저렸다.

정규 리그에 이어 왕중왕전까지 우승으로 이끈 공훈을 인정받아 코치 이영호의 연봉이 대폭 인상되었다. 올해도 챌린지 리그에서 우승한다면 프로 팀에서 스카우트 제의가 들어올지도 모른다고, 이영호는 생각했다. 그러나 전화를 건 사람은 프로 팀의 관계자가 아니라 뜻밖의 인물이었다. 자신을 온라인 스포츠 게임 회사의 대표라 소개한 남자는 고등학교 챌린지 리그를 자기 회사의 게임 종목으로 기획 중이라며 이영호에게 조언을 구하고 싶다고 했다. 이영호는 무슨 고등학생들 리그를 게임으로 내냐며 의아해했지만 조언의 대가가 적지 않은 금액이기에 흔쾌히 승낙했다.

6

전화를 건 사람은 불법 온라인 도박 사이트를 운영하는 석지훈이었다. 석지훈은 일류 대학 경영학과를 졸업하고 대형 회계 법인에서 회계사로 일하고 있었다. 고객사는 대부분 국내 재벌 순위 30위 안에 드는 대기업들로, 석지훈은 주로 고객사와 중소기업 간의 하청 거래에 개입하여 그 중간에서 수수료를 받는 일을 했다. 석지훈은 일을 잘했다. 고객사에 유리한 쪽으로 거래를 성사시켜 많은 이익을 남기기로 유명했다. 석지훈은 법망을 교묘히 피해 가거나 때로는 유령 회사와 유령 재단을 허위로 설립하며 회계를 분식하는 일에 능했다. 그와 거래하는 기업들은 많은 이득을 냈으나, 상대편 기업은 부도 위기에 처하는 일이 다반사였다. 그러나 법적으로 대응할 수 있는 방법이 없고 당장 계약이 취소되었을 때 손해가 더 컸기 때문에 중소기업들은 거래를 포기하는 것보다는 석지훈의 고객사와 거래를 유지하기를 바랐다. 오히려 고객사와의 계약 유지를 위해 석지훈에게 로비를 해야 할 판이었다. 석지훈은 그렇게 하는 것이 모두에게 이로운 것이라고 여겼다. 고객사에게 많은 이윤을 주고, 자신도 고소득을 올리며, 중소기업도 거래가 끊기는 것보다는 나았으니까. 문제가 있다면 부의 분배에 있어 작은 불균형이 존재한다는 것밖에 없었다.

석지훈은 가끔 프리랜서로 활동하며 개인 사업자의 회계와 세무에 개입하기도 했다. 그는 일류 대학과 일류 회계 법인에서 배운 지식으로 최대한의 이득을 냈고, 그로써 자신의 유능함을 과시했다. 석지훈은 능력껏 가져가는 것이 자본주의 사회의 이치라고 생각했다. 오히려 그렇게 하지 못하는 사람들을 우습게 여겼다.

석지훈은 중학교 시절부터 대학에 들어가기까지 줄곧 전교 1등을 놓쳐 본 적이 없었다. 누군가 자신보다 더 좋은 성적을 받아 자기 위에 있는 그 느낌을 견딜 수가 없었다. 그곳은 자신의 자리여야 했다. 대학에서 벌어진 취업 경쟁에서도 그는 단연 으뜸이었다. 학점은 물론이고 외국어 시험에서도 특유의 집요함으로 끝까지 포기하지 않았다. 결과는 당연히 성공적인 취업으로 이어졌다. 사회에 나온 석지훈은 이제 돈 벌기 경쟁에서 이기기 위해 일했다. 돈이 된다면 무엇이 문제란 말인가. 잘난 대로 사는 것이 인생 아니었던가. 확고하고도 단단한 자신만의 자리에서 석지훈은 닥치는 대로 벌어들였다.

은하공고와 유성고를 소유한 철강 회사도 석지훈의 고객사였다. 석지훈은 정규 리그의 마지막 경기가 고객사의 두 학교 간 대결이라는 말을 듣고 경기장을 찾았다. 철강 회사의 임원들은 은하공고의 정규 리그 우승 세리머니를 축하하기 위해 경기장에 왔고, 석지훈은 고객사 임원들을 따라왔다. 그는 유럽 최고 클럽들의 경기를 밤새워 가며 챙겨 보는 축구광이었지만 이날 고등학생들의 축구 경기에는 별로 관심이 없었다. 혹시나 새로운 사업 아이템이나 주식시장에 대한 소식을 기대하며 임원들의 대화에 집중했다.

이날 경기는 후반전 막판에 두 골을 몰아 넣은 유성고가 승리함에 따라, 두 팀의 왕중왕전 동시 진출이라는 아름다운 시나리오로 끝났다. 철강 회사의 임원들은 경기장으로 내려가 선수들을 격려하고 은하공고의 정규 리그 우승 트로피와 함께 기념 촬영 했다.

석지훈은 막판에 실점한 골키퍼를 눈여겨보았다. 잘 드러나진 않았지만 뭔가 어색한 실점 장면이었다. 경기 후에 골키퍼는 우승 트로피를 들어 올리며 함성을 지르지도 않았고 동료들과 기쁨을 나누지도 않았다. 어딘가 불안하고 불만에 가득 차 보였다.

그때 코치가 다가가 골키퍼와 이야기를 나누는 모습을 석지훈은 포착했다. 짧은 순간이었지만 골키퍼와 코치의 표정에 분명히 뭔가 있었다. 무언가를 미리 약속한 자들끼리 보내는 일종의 신호. 거래 때마다 고객사 임원과 주고받던, 바로 그 눈빛이었다.

석지훈은 본능적으로 퀴퀴한 돈 냄새를 맡았다. 철강 회사의 회계를 조작하는 데 사용하기 위해 만들었지만 요즘은 석지훈의 주 수입원이 된 도박 사이트가 자연스레 떠올랐다. 겉으로는 스포츠 게임, 아동 교육 프로그램을 내세우고 있었는데, 실제로는 고액의 배당금이 걸린 온라인 도박 사이트였다. 회원들은 가짜 주민등록번호에 대포 통장을 활용해 캐시를 충전하고 석지훈은 충전금의 5퍼센트를 수수료로 받아 챙겼다. 승부를 적중시킨 회원들이 딴 돈을 출금할 때도 5퍼센트의 수수료를 챙겼다.

스포츠토토 같은 정부 인증의 합법 도박 사이트는 한 회 베팅 금액을 제한했지만 석지훈의 도박 사이트에서는 베팅 금액에 제한이 없었고 가입과 게임 방식이 간단해서 회원 수가 만 명이 넘었다. 게임 종목은 전 세계의 프로 축구 리그를 대상으로 했다. 방식은 전반과 후반 스코어를 맞히는 스코어식과 경기 전체의 승무패를 맞히는 승무패식 두 가지밖에 없었다. 승무패식은 여섯 개에서 여덟 개의 경기를 조합해 승무패를 예상하는 게임이고, 스코어식은 단일 경기의 스코어를 맞히는 게임이었다.

승무패식은 한 종목의 가격이 정해져 있고 승부를 맞힌 사람들에게 전체 판매 금액의 70퍼센트를 분배하는 방식이고, 스코어식은 베팅에 제한이 없고 적중하면 베팅 금액의 두 배를 포함해 경기의 난이도별로 설정된 몇 퍼센트의 배당금까지 돌려주는 방식이다. 스코어식은 쉽고 간단한 데다 점수가 많이 나지 않는 축구 경기의 특성상 스코어가 거의 0, 1, 2, 3 안에서 정해졌기 때문에 베팅이 많은 편이었다. 회원들은 많게는 십만 원에서 적게는 천 원까지 실시간으로 베팅해 대며 축구 경기와 도박을 함께 즐겼다. 간단한 방식에 중독된 회원들은 백만 원을 베팅해 이백만 원을 따더라도 딴 돈을 다시 베팅해 가며 탕진해 버리기 일쑤였다.

정규 리그 마지막 경기에서 골키퍼와 코치 사이의 수상한 낌새를 눈치챈 석지훈은 그의 도박 사이트에 고교 축구를 넣으면 어떨지 생각했다. 고교 축구 경기는 정규 리그 외에도 주최사별로, 계절별로 다양한 컵 대회가 많아서 전체 우승 팀을 맞히는 게임은 나름대로 재미있는 도박이 될 수 있었다. 컵 대회는 짧게는 나흘에서 길어 봐야 이 주일 만에 일정이 마무리되었기 때문에 빨리 결과가 나오기를 바라는 도박꾼들에게 좋은 먹잇감이었다. 석지훈은 돈 냄새를 맡는 자신의 천부적인 재능과 빠른 두뇌 회전에 감탄했다. 석지훈은 직접 은하공업고등학교의 코치에게 전화를 걸었다.

7

동면 중인 불곰처럼 잠이 많은 뚱뚱보 김현수는 서른 살이나 되어 처음 맞는 출근길을 도저히 즐길 수가 없었다. 직장이 공고인 것이 그나마 다행이라고 김현수는 몇 번이나 생각했다. 아침 자율학습까지 있는 인문계 고등학교였다면 이보다 한 시간이나 먼저 일어나야 했을 테니까 말이다. 3월의 쌀쌀한 날씨를 원망하며, 김현수는 어설픈 담임 생활을 하고 있었다.

김현수는 2학년 6반의 담임 선생님이 되었다. 학생 수는 서른세 명이었는데 특이하게도 축구부 학생이 세 명 있었다. 김현수는 축구부 학생들이 신기했다. 이 아이들은 어떻게 고등학생이 되도록 축구를 할 수 있었을까? 축구부 학생들은 새벽 훈련 때문에 일찍 등교하거나, 아예 합숙소에 머물며 훈련을 하기 때문에 지각하는 일도 없었고 교실에 앉아 있는 일도 없었다. 새 학기 첫날에는 세 명이 함께 앉아 있더니 그다음 날부터는 조회시간에조차 볼 수 없었다. 축구부 학생은 골키퍼 안영배, 수비형 미드필더 김경식, 스트라이커 조용화였다. 생활기록부에 그렇게 적혀 있어서 알았다.

  김현수는 기간제 교사라는 신분이 심각하게 불만이긴 했지만 그런 사실을 겉으로 드러낼 만큼 대범하지는 않았다. 커다란 덩치와 어울리지 않게도, 혹은 정말 잘 어울리게도 순진하고 여린 면이 있어서 시험에 통과하지 못하고 기간제 교사를 하는 자신이 정식으로 임용된 선생님들과 비교당하며 놀림감이 되면 어쩌나 불안했다. 불안은 김현수에게 익숙한 감정이다. 축구를 그만둔 후로, 교실에 앉아 있었지만 왠지 남의 자리에 앉아 있는 것 같았던 중고등학생 시절, 원하지 않는 학과에 억지로 입학해 자꾸만 겉돌던 대학 시절, 김현수는 내내 여기가 내 자리인가? 하는 불안감과 함께 살았다. 불안한 자신의 자리를 확고히 할 수 있는 방법은 임용시험에 합격하는 것뿐이라 여겼던 세월도 김현수의 몸에 가득했다.

  그 세월이 길었기 때문인지, 혹은 아직 세상 물정을 너무나 모르기 때문인지, 그는 재물을 모으고 과시하는 일에는 큰 매력을 느끼지 못했다. 재물은 편의를 위한 것이지 쌓아 두고 자랑할 만한 것이 아니라 여겼다. 오히려 자랑할 것은 당당히 시험에 통과하는 것이고 따라서 우선순위는 그것이라고 김현수는 생각했다. 물론 여느 백수들처럼 로또 복권의 일확천금을 노려 보기도 했고 로또에 당첨될 복과 운을 타고난 것이 아닐까 싶어 점쟁이를 찾아보기도 했지만 김현수는 그 모든 운도 일단 시험에 통과되어야 생기는 일이라 여겼다. 물론 점쟁이가 재물에는 복이 없으니 다른 데서 복을 찾아보라는 말만 늘어놓았기 때문이기도 했지만.

당연히 김현수는 동료 선생님들과도 잘 어울리지 못했다. 정식 교사로 근무하는 선생님들에게 은근히 열등감을 느끼기도 했고, 기간제 교사로 들어온 선생님들과는 왠지 어울리기 싫었다. 선생님들이 안정적인 월급으로 투자하는 펀드나 부동산 같은 금융 상품에 대해 아는 지식이 거의 없으니 여가 시간의 대화에도 끼지 못했다. 김현수는 자신의 수업 시간과 반 아이들을 생각하는 것만 해도 벅차다고, 스스로 위안했다. 내년 시험에는 분명히 합격할 테니, 그날을 위한 연습 정도로 여기자며 애써 불안한 자신을 달랬다.

영어를 가르치는 김현수는 하루에 수업이 다섯 번이 넘는 날이 많았다. 그렇게 한 주를 보내고 나니 그동안 앉아서 축구 게임, 축구 경기, 축구 잡지만 보고 즐기던 체력에 무리가 오기 시작했다. 0.1톤 김현수는 드디어 자발적으로 운동이 절실하다고 느꼈다. 끔찍할 정도로 아침잠이 많았지만 한 시간만 더 일찍 일어나 학교 운동장을 달려 보기로 했다. 슬슬 자신을 만만하게 보는 아이들의 눈초리가 무섭기도 했고, 그 아이들이 돼지라고 부르는 순간이 올까 봐 두려웠다. 축구부 아이들이 아침 훈련을 시작하는 시간에 어영부영 끼어서 같이 달리면 크게 눈에 띄지도 않고 심심하지도 않겠다고 생각했다. 나름 어린 시절에 축구부였던 기억에 고등학교 축구부는 어떻게 훈련하는지 궁금하기도 했다.

월요일 아침, 김현수는 평소보다 한 시간 일찍 학교에 도착해 운동장으로 나갔다. 축구부 학생들이 대열을 이루어 운동장을 달리고 있었다. 운동을 대비해 든든히 먹어야겠다는 생각으로 주말을 보낸 김현수는 뛰기 시작한 지 삼십 초 만에 뛸 생각을 했다니 내가 미친놈이다, 라고 느끼기 시작했다. 뛸 때마다 무릎에 0.1톤 이상의 압력이 가해져 결국 살금살금 걷다가 가만히 서서 공중에서 허우적거리는 자세로 맨손체조나 하고 있을 수밖에 없었다. 다시 처음 자리로 돌아와서는 혹시나 누가 비웃고 있지는 않은지 주위를 두리번거렸다.

대열을 맞추어 달리는 축구부 학생들의 파이팅 소리가 가락을 타고 오르락내리락했다. 김현수는 처음에는 알아들어 보려고 애쓰다가 나중에는 굳이 알아들을 필요는 없겠구나 생각했다. 그 소리를 들으니 초등학교 축구부 시절이 생각나기도 했지만 이미 옛날 이야기였다. 그 시절에는 황선홍보다 더 멋진 공격수가 되겠다고 꿈꾸었으니, 지금의 자신을 보면 황당하고 어처구니없었지만 결국 어린 시절의 꿈이란 그런 것이겠거니 생각해 버렸다.

긴 휘슬 소리에 대열을 맞추어 달리던 아이들이 흩어졌다. 이제 볼을 갖고 두 사람씩 짝을 지어 패스 연습을 하기 시작했다.

운동장 전체로 흩어진 아이들이 김현수의 근처로 오기도 했는데, 아이들은 김현수를 학교 선생님으로 아는지 모르는지 신경 쓰지 않고 패스 연습에만 열중했다. 그중에 미드필더라던 김경식이나 스트라이커라던 조용화가 있을지도 모르는 일이었지만 한 번 본 아이들을 기억하기란 쉽지 않은 일이었다.

운동장에 나온 지 삼십 분도 안 되어 서 있기가 힘들어진 김현수는 골대 뒤쪽 벤치에 앉아 이리저리 뛰어다니는 아이들을 그물 사이로 지켜보고 있었다. 반 아이들 중 알아볼 수 있을 만한 아이는 생활기록부에 골키퍼라고 적혀 있었던 안영배였다. 골키퍼는 운동장 전체를 미친 듯이 뛰어다니지 않고 골대 앞에 있을 것이기 때문이다. 이리저리 눈치를 살피던 김현수의 앞으로 역시나 복장이 조금 다른 학생 둘이 걸어왔다. 경기용 유니폼을 착용하진 않았지만 두꺼운 장갑을 낀 모양새가 분명 골키퍼였다. 둘은 서로 어깨를 누르고 허리를 돌려 주며 스트레칭을 하더니 골문 앞에서 핸드볼 공 크기의 작은 공 두 개를 동시에 던졌다가 받았다가를 반복했다. 둘은 서로의 머리 위를 향해 공을 던졌고 던지기 무섭게 받았다. 정확히 잡고 정확히 던지는 연습을 하는 골키퍼들을 보며 발로 공을 차는 운동을 하는 아이들이 핸드볼 선수들이나 할 법한 연습을 하고 있어서 조금 우습기도 했다. 둘 중 한 명은 키가 크고 동작에 힘이 넘쳤는데, 다른 한 명은 키도 작고 움직임이 흥겹지도 않았다. 감독이 둘 중에 누구를 주전 골키퍼로 내보낼지 공을 던지고 받는 잠깐의 모습만 봐도 알 것 같았다. 둘 중에 우리 반 안영배는 누굴까. 이왕이면 키 크고 날렵한 저 학생이었으면 좋겠다고, 그게 더 좋지 않겠냐고, 김현수는 생각했다.

"영배야. 영배가 누구냐?"

김현수는 그래도 담임 선생님인데 싶어 말을 붙여 보기로 마음먹고 일어나며 목소리를 냈다. 그러나 때마침 운동장 한가운데서 누군가 내지른 '은하공고 파이팅'이란 소리에 묻혀 버리고 말았다. 그 소리를 신호로 아이들은 달릴 때 했던 것처럼 특유의 파이팅 구호를 외쳤다. 가까이서 들어 보니 '임전무퇴 정정당당 백전백승 세계최강 은하은하' 정도로 들렸다. 머쓱해진 김현수는 모른 척하며 허공에 팔을 허우적거리다가 벤치에 다시 앉았다.

파이팅 구호를 기준으로 아이들의 연습 종목이 변경되는 모양이었다. 짧은 패스 연습을 마친 아이들은 여섯 명씩 모여 원을 그리고 원 안의 술래가 볼을 뺏어 내는 미니 게임을 하기 시작했다. 골키퍼들은 공을 던지고 받던 연습을 마치고 이제 좀 더 본격적으로 몸을 날리기 시작했다. 한쪽이 왼쪽, 오른쪽으로 공을 던져 주면 반대쪽에서는 몸을 날려서 공을 잡아 냈다. 아까와 마찬가지로 한 명은 능숙했는데 다른 쪽은 어설프기 그지없었다. 키 작은 골키퍼가 원래부터 골키퍼였는지, 최근에 골키퍼로 포지션이 변경된 건지 김현수는 궁금해졌다. 결국 안영배가 누군지 알아내야 궁금증이 해소될 것이었다. 자기 반 학생을 앞에 놓고 이름을 불러야 할지 말지, 언제 부르면 타이밍이 적당할지 고민하던 김현수가 둘의 역할이 바뀌려는 순간 다시 목소리를 냈다.

"안영배가 누구니?"

"전데요."

이제 막 공을 받는 쪽으로 역할을 바꾸려던 키 큰 학생이 그물의 뒤편으로 몸을 돌리며 말했다. 운동복 차림의 김현수는 안영배가 자신을 알아보지 못하는 것 같아 걱정스러웠지만 자신도 안영배를 알아보지 못하고 있었던 것이 미안했다.

"담임 선생님이야. 교실에 안 와서 선생님이 왔어. 너 되게 잘한다."

"아, 죄송합니다."

김현수는 머쓱했다. 축구를 하는 학생이 운동장에서 축구하느라 교실에 못 온 걸 갖고 첫마디가 '죄송합니다'라니. 죄송하라고 한 말은 아니었는데, 인사말을 잘못 골랐구나 생각했다.

"아니, 죄송하라고 한 말은 아니고. 열심히 하네. 선생님은 운동하는 게 힘들어서 구경만 하고 있어. 계속해."

"네, 선생님."

첫눈에도 예의가 바른 아이라고, 김현수는 생각했다. 안영배는 고개를 꾸벅 숙이더니 다시 연습 자세로 돌아갔다. 그 순간 찢을 듯이 다급한 휘슬 소리가 들렸다. 자꾸만 시야를 방해하는 골대 그물 사이로 집중해서 안영배를 보고 있던 김현수는 그 소리에 너무나 놀라서 덜컥 호흡이 멎는 것 같았다. 순간적으로 무슨 소리가 났는지 머리가 알아차리기도 전에 온몸이 얼어붙어 버렸다.

"엎드려!"

멀리서 불호령이 떨어졌다. 열심히 뛰던 아이들이 일제히 멈추더니 필드 위에 열중쉬어 자세로 머리를 박고 엎드렸다. 사태를 파악할 새도 없이 벌어진 눈앞의 일에 눈이 휘둥그레진 김현수의 심장이 터질 듯 뛰기 시작했다.

"시즌 개막이 코앞이다. 잡담하고 숨 돌릴 틈 있으면 아예 대가리를 박고 해라!"

두근두근 뛰는 가슴은 진정되지 않고 더 빨리 뛰었다. 축구를 계속하게 해 달라고 매달린 자신의 뺨을 후려치던 축구부 코치의 얼굴이 떠올랐다. 아 맞다. 아 맞다. 김현수는 가슴을 쳤다. 십오 년도 더 지났는데 아직도 이런 룰이 있을 줄은 몰랐다. 김현수의 초등학교 시절 축구부에도 이런 룰이 있었다. 연습 도중에는 아버지가 와서 말을 걸어도 연습에 집중해야만 했다. 볼에서 눈을 떼고 한눈을 팔거나 숨을 돌리고 있으면 곧바로 불호령이 떨어졌다. 불호령은 한 사람의 몫이 아니라 전체의 몫이었다.

축구 경기는 열한 명이 하나로 뛴다는 이유에서였다.

김현수는 도저히 진정이 되지 않아 쿵쾅대는 가슴으로 두리번거리며 불호령의 주인을 찾았다. 그는 저 멀리 단상 위에서 팔짱을 끼고 서 있었다. 그는 다시 한 번 짧게 휘슬을 불었다. 그 소리에 맞추어 아이들이 다시 일어나 뛰기 시작했다. 아이들이 엎드려 있던 시간은 일 분 정도였는데, 김현수는 그 자세로 십 초도 버티기 어렵다는 것을 군대에서 알았다. 단단한 돌바닥이 아니라 인조 잔디인 것이 다행이긴 했지만, 김현수는 온통 얼굴이 발개지고 심장이 쿵쾅거려 죽을 것만 같았다. 코치에게 가서 상황을 설명해 볼까 생각하다가 결국은 슬금슬금 움직여 교무실로 되돌아왔다.

다른 선생님들의 출근 시간까지는 아직 여유가 있었다. 김현수는 미리 봐 두었던 교직원용 샤워실로 주섬주섬 샤워 도구를 챙겨 들고 걸어갔다. 영배에게 사과해야겠다고, 밥이라도 사 줘야겠다고, 김현수는 생각했다. 하지만 영배에게 뭐라고 말을 해야 할지, 김현수는 도저히 답이 떠오르지 않았다.

8

새 학기가 시작되면서 챌린지 리그의 개막도 다가왔다. 3월에 개막해 10월에 정규 리그가 마무리되는데 경기는 주말 동안 진행되었다. 장기 레이스의 시작이 불안하면 결과도 불안하다고, 안영배는 스스로 마음을 다잡았다. 지난 시즌 정규 리그 우승과 함께 왕중왕전에서도 우승을 차지하며 학교의 위상은 더없이 높아졌다. 우승의 주역들은 졸업과 동시에 프로 팀으로 스카우트되었고, 프로 팀에 자리를 잡지 못한 선수들도 대부분 명문대로 진학했다. 이제 막 3학년이 된 선수들에게도 프로 팀의 스카우트 제의가 있다는 말이 나올 정도였다. 안영배는 졸업과 동시에 지역 프로 팀에 입단한 선배 골키퍼처럼 자기도 한 해를 잘 보내서 대학보다는 어디든 프로 팀에 입단하는 것이 목표였다. 안영배는 자신에게 주어진 주전 골키퍼 자리가 더없이 좋은 기회라는 것을 알았다. 그래서 더욱 운동에 전념했다.

안영배는 지난 시즌에 실점했던 것은 코치의 주문이었지 자신의 실력이 아니라고 마인드 컨트롤 했다. 두 골을 실점하던 순간을 떠올리지 않으려고 애를 썼다. 모든 선수의 뒤에 서서 골이 들어가길 간절히 바라는 수밖에 없는 골키퍼는 실점하지 않는 것이 골을 넣는 것이나 다름없다고, 코치는 늘 이야기해 왔었다. 그렇게 말했던 코치가 실점을 지시한 것을 이해할 수 없었다. 안영배는 거역할 수 없는 서로 다른 말 속에 꼼짝없이 갇혀버린 듯한 기분을 밀어내려 애썼다. 자신이 골키퍼가 되려 했던 이유를 명확하게 기억해 내며 자신이 경기에서 골키퍼로서 가진 역할을 꾸준히 떠올렸다.

토너먼트 방식으로 치른 왕중왕전에서 안영배는 출전 기회를 잡지 못했다. 안영배는 벤치에 앉아 볼을 쳐다보는 대신 선배 골키퍼가 상황에 따라 어떻게 움직이는지를 유심히 봤다. 선배는 공격 시 후방에서 소리를 질러 수비 라인의 전진과 후진에 관여했고, 수비 시 상대 공격수들의 움직임을 동시에 읽어 내고 수비수 한 명 한 명의 이름을 불러 댔다. 볼의 위치를 정확하게 파악하고 골문으로 날아드는 상대의 슈팅을 몸을 던져 막아 냈다. 대부분의 슈팅은 예측 가능한 타이밍과 동작을 겸해 날아들었지만 예측할 수 없는 경우도 있었다. 골키퍼는 예측하지 못한 슈팅에도 몸을 날릴 수 있는 순발력이 있어야 하고, 목소리가 커야 한다고, 안영배는 생각했다.

　선배도 코치에게 실점 지시를 받은 적이 있는지를, 안영배는 물어보지 못했다. 그런 지시를 받고 그대로 실행해 버린 자신이 부끄러웠다. 코치는 둘만의 비밀로 할 것을 강조했었다. 모든 골키퍼가 감독과 코치의 지시에 따라 방어하고 실점하는지, 안영배는 헷갈렸다. 당연하게만 여겼던 많은 것들이 정반대의 물음을 던지며 불쑥불쑥 찾아들어 괴로웠다. 그러나 안영배는 강한 골키퍼였다. 그럴수록 절망스러운 생각은 하지 않기로 했다. 내가 배운 축구는 정정당당한 스포츠다, 안영배는 다시 한 번 마음을 다잡았다.

시즌의 개막이 새 학기의 시작보다는 조금 여유 있어서, 안영배는 개학식 당일에는 교실에 들어갔었다. 축구를 하는 운동선수지만 축구를 하는 학생이기도 했다. 담임 선생님은 언뜻 봐도 운동과는 거리가 먼 사람이었다. 반 아이들 앞에서 식은땀을 삘삘 흘리며 뭔가 중얼대는 모습이 딱 봐도 초보 선생님이구나 생각했다. 그래도 첫날부터 기선을 제압하기 위해 일부러 애들을 때린다거나 겁을 준다거나 기합을 넣는다거나 하는 일 없이 젠틀한 모습은 좋았다. 오히려 수줍어하는 것 같아 귀여웠다. 별로 마주칠 일은 없어도 담임 선생님이 누군지 정도는 알아야 하니, 따로 인사는 하지 않았지만 눈에 익혔다. 담임 선생님께 훈련 관계로 수업 시간에 빠질 수밖에 없다고 말씀드리는 것이 예의라고 누구나 말은 했지만 누구도 그렇게 하지 않았다. 안영배도 형식적일 뿐인 관계라고 생각했다. 안영배는 뚱뚱한 선생님의 얼굴만 기억하고 교실을 떠났다. 가르치는 과목이 영어였는데, 정말 기적이 일어나 잉글랜드나 스페인의 빅 리그에 진출할 기회가 생길지도 모르니 영어는 꼭 해 두고 싶다는 생각을 했지만, 우선해야 할 일은 당연히 축구였다.

시즌 개막이 다가올수록 훈련의 강도는 높아졌다. 개막 시점에 선수들의 컨디션을 90퍼센트 이상으로 만들어 놓기 위해서 각 팀의 코치들은 휘슬을 불고 또 불었다. 시즌 중반 컨디션이 100퍼센트에 도달하더라도 장기 레이스를 펼치는 리그의 특성상 컨디션이 내내 유지되기는 힘들었다. 초반부터 잘 해 놓지 않으면 한 해를 모두 바쳐야 하는 리그에서 뒤처지기 십상이었다. 거의 교체되는 일이 없는 골키퍼의 컨디션은 일 년 내내 100퍼센트여야만 했다. 폭발적인 드리블이나 돌파가 필요치 않아 체력의 소모가 다른 선수들보다는 적었지만 정신력은 배로 소모되었다. 골키퍼들은 체력 유지보다 정신력 유지를 위한 마인드 컨트롤이 자기 관리의 중심이었다.

안영배는 그 사건 이후로 이영호와의 대화를 피했다. 코치의 목소리에 당시의 말 한마디 한마디, 느낌 하나하나가 생생히 되살아났다. 나직하고 다급하게 이야기하던 그 목소리를 잊기 위해 안영배는 더욱더 훈련에 집중했다.

안영배의 부모님은 정육점과 식당을 겸하는 가게를 운영했다. 어린 시절에 못 먹어서 키가 작다는 안영배의 아버지는 아들을 지극정성으로 먹였다. 아들은 초등학생 때 이미 아버지보다 20센티미터 이상 컸다. 아들이 축구부에 들어가자 아버지는 축구부 회식을 도맡았다. 경기 후에 안영배의 집에서 삼겹살 파티가 벌어질 때가 많았다. 안영배가 선발 출전했던 작년 경기 후에도 안영배의 집에서 삼겹살 파티를 벌였다. 안영배는 어려서부터 먹어도 먹어도 질리지 않던 고기가 그날따라 맛이 없었다. 안영배는 조용히 그 자리를 빠져나와 정처없이 걸었다. 안영배의 아버지는 감독과 코치진의 고기와 술을 챙기느라 정신없었다. 아버지는 아들을 선발로 출전시켜 준 감독님께 감사하다는 말을 잊지 않았다. 감사하다는 말을 열 번도 넘게 했다.

시즌 개막을 앞둔 날에도 안영배의 식당에서 삼겹살 파티가 벌어졌다. 우승 트로피를 넘겨줄 수 없다, 우리는 최강이다, 올 해도 우승은 당연하다, 라는 단순하고도 명료한 구호를 외쳤다. 이영호 코치는 첫 경기에서 선발로 뛸 선수들을 회식 자리에서 발표했다. 골키퍼 안영배와 스트라이커 조용화가 선발 명단에 포함되었다. 이영호는 선발로 출전할 선수들을 코치진과 감독의 옆자리로 불러 모아 따로 앉혀 놓고 먹였다. 포지션 순서대로 호명했기 때문에 골키퍼가 제일 먼저 불렸고, 자연스럽게 안영배 는 이영호의 옆자리에 앉았다.

"첫 경기니까 회식 자리에서 발표하는 거다. 너희들 너무 좋 아하지 마라. 이번 주 내내 컨디션 보고 안 좋으면 제칠 거야. 몸 관리들 잘하라고. 특별히 영배는 잘하도록. 원정 경기 나가면 저 쪽 관중들이 욕하고 놀리고 아주 지랄들을 할 거다. 다른 애들 이야 뛴다고 못 듣겠지만 넌 가만히 서서 아주 욕을 바가지로 먹을 거다. 뒤에서 말 건다고 돌아봤다간 그냥 먹는 거야. 알았 지?"

"네, 코치님."

안영배도 잘 알고 있었다. 경기장과 관중석에는 무형의 벽이 있다고 생각하라는 말은 초등학생 시절부터 들어 왔다. 우리 편이라 해도 실점하면 응원하다가 온갖 욕지거리를 다 하는 게 관중들이다. 응원한다고 잘하고 욕한다고 못하면 프로가 아니라 아마추어다. 골키퍼는 언제나 프로여야 한다, 라고 안영배도 알고 있었다. 며칠 전에 담임이 와서 말을 거는 바람에 잠시 기합을 받기도 했지만 직접 찾아온 담임을 모른체할 수는 없었다. 연습도 언제나 실전처럼 해야 한다는 룰을 모르지 않았고, 연습과 실전을 구분하지 못하는 것도 아니었다. 적잖이 놀란 표정으로 슬금슬금 돌아가는 담임이 조금 우습기도 했는데, 그 후로 다시 만날 기회가 없었다. 안영배는 첫 경기 출전 전에 담임을 만나야겠다고 생각했다. 시즌 개막을 앞두고 뭔가 찝찝한 구석을 만들어 놓는 것은 좋지 않다. 잡생각을 없애려면 무슨 일이든 확실히 해 놓아야 했다. 그래야 골키퍼, 라고 안영배는 생각했다.

이영호의 목소리를 듣지 않기 위해 안영배는 내내 명상하듯 고기를 씹었지만 코치의 목소리를 계속 피하는 것도 방법은 아니라는 생각이 들었다. 이미 다섯 달이 지난 일이었다. 그날은 여러 가지 상황이 특별했잖아, 이제부터가 얼마나 중요한데, 나는 코치를 믿는다, 라고 안영배는 마인드 컨트롤 했다.

9

석지훈과 이영호가 시내의 시끌벅적한 포장마차에서 만났다. 석지훈에게는 도박 사이트의 새 종목 첫 판매를 앞둔 날이었다. 베팅은 목요일 밤부터 시작해 경기 직전까지 가능했다.

그동안 석지훈과 이영호는 꾸준히 만나 왔다. 처음에 이영호는 말 그대로 축구 게임에 고교 리그를 넣는다는 말인 줄 알았으나 나중에 도박이라는 말을 듣고는 황당하고 어이가 없어서 일어나려 했다. 그러나 이영호는 어디까지나 조언자일 뿐이라며, 몇 번 만나서 이것저것 대답하는 데 계약금으로 삼백만 원이면 나쁜 조건이 아닐 거라는 석지훈의 말에, 썩 내키지는 않았지만 만남을 이어 왔다.

석지훈의 요구 조건은 간단했다. 주말 경기의 승패 예측을 해 달라는 것과, 고교 팀들의 전력 비교 자료를 만들어 달라는 것이었다. 당연히 팀별 전력 비교 자료와 역대 전적, 주요 선수 프로필은 갖고 있었지만 외부로 유출한 적은 없었고, 프로 팀의 스카우터들과 개별 에이전트들은 그들 스스로 선수 자료를 구축하고 있었기 때문에 요구하는 사람도 없었다. 애써 만들어 놓은 자료이기도 하고 지극히 개인적인 시각으로 완성된 자료였기 때문에 내놓기가 선뜻 내키지는 않았지만 삼백만 원은 큰돈이었다. 그 액수에 이영호는 자신이 이 분야의 최고가 된 기분이

들었다.

"그럼 이번 주말 모든 경기부터 대상이라 이 말이죠?"

"경기가 여덟 개 열리잖아요. 그중에서 네 개씩, 여섯 개씩 묶어서 한 종목이 돼요. 물론 여덟 경기 전체의 승무패를 맞히는 종목도 있죠. 코치님은 여덟 경기 전체를 예측해 주시면 됩니다. 뭐, 틀린다고 불이익은 없어요. 세상일은 모르는 거니까."

"제가 예측한 건 어디다 써먹는 거죠?"

"회원들에게 가이드라인을 주는 거죠. 그래야 베팅하면서도 뭔가 자기가 전문가라도 된 기분이 나거든요. 그러면 판매도 많아지고, 그분들도 맞힐 확률을 높이고, 나도 좋고 회원들도 좋고 코치님도 좋고, 뭐 이런 식입니다."

석지훈은 우선 이영호의 예상 시나리오대로 실제 경기가 흘러가는지 시험해 보고 싶었다. 가이드라인에 실효성이 있다면 회원들의 신뢰도가 높아져 판매량 증가에도 기여할 것이었다. 승무패식 게임은 판매 금액의 70퍼센트가 상금으로 배당되고 나머지 30퍼센트는 석지훈의 몫이었다. 승무패식에서는 판매량이 중요했다. 회원들은 더 딸 수 있는 기회를 원했고, 회사는 더 팔 수 있는 새로운 종목을 원했다. 고교 리그는 기회의 땅이었다. 회원들과 자신에게 모두 유리한 종목이라고, 모두에게 이롭다고, 석지훈은 생각했다.

"근데 이걸로 정말 돈이 됩니까? 누가 여기다 베팅해요?"

"그건 코치님께서 걱정 안 하셔도 됩니다. 분석해 주는 대가는 드리니까 일단 코치님한테는 돈이 되는 거네요."

석지훈의 말대로 이영호에게는 나쁘지 않은 조건이었다. 경기는 늘 하는 일이니 보너스를 챙기는 것과 다르지 않았다.

"승무패식 여덟 경기짜리는 확률이 낮지만 적중하면 배당금이 높아요. 세 경기짜리를 냈더니 이거 적중률이 너무 높은 거야. 그러면 배당이 줄거든. 그래서 내가 뺐어요. 여섯 경기짜리가 제일 잘 팔려요. 적당히 어렵고 배당액도 높은 편이고. 자기가 다 맞힐 것 같거든. 왜 로또 사기 전에 숫자 여섯 개 고르는 거, 그때 왠지 1등 할 것 같잖아. 그런 거지. 근데 이건 로또 숫자 고를 때보다 더 쉬워. 승, 무, 패, 세 가지 중에서 골라 넣기만 하면 되니까."

석지훈은 이영호를 만날 때마다 스포츠 도박판의 묘미에 대해 꾸준히 설파했다.

"그런데 정말 어려운 게임은 스코어 맞히기죠. 전반전, 후반전, 최종 스코어 세 가지가 한 종목인데, 전반전 스코어, 후반전 스코어, 최종 스코어를 다 맞혀야 이 판을 따는 거거든요. 이게 쉬울 것 같으면서도 어렵거든. 자기가 예상하는 대로 다 될 것 같은데 잘 맞진 않는다는 말이야. 누구나 예상은 전문가처럼 잘하니까 베팅 금액은 높고, 아슬아슬하게 안 맞을 때가 많고. 이게 좋아 나는."

이영호는 불법 도박 사이트에 관여하는 것이 썩 내키지 않았
지만 그런 기분이 석지훈을 거듭 만나면서 조금씩 해소되었다.
결국 석지훈, 이영호 둘 다 돈을 많이 벌고 회원들도 적중만 한
다면 돈을 따는데, 도대체 무엇이 문제일까. 이영호는 만날수록
석지훈이 마음에 들었다. 적당히 취기가 오르면 둘은 친구나 다
름없었다. 서로 나이는 밝히지 않았지만 얼핏 비슷한 연배이기
도 했다. 단지 문제는 석지훈이 운영하는 사이트가 정부의 허가
를 받지 않은 소위 불법 도박 사이트라는 점이었다. 하지만 석지
훈은 술에 취할 때마다 스포츠 도박 사이트가 왜 불법이냐, 정
부가 인정하면 합법이고, 안 하면 불법이냐, 결국 자기들만 돈
벌겠다는 거 아니냐며 도박 사이트의 합법성을 주장했고, 이영
호는 맞장구를 쳤다. 듣고 보니 법이 불공평한 것도 같았고, 그
래서 법 자체가 잘못된 것 아니냐는 석지훈의 생각에 공감했다.

이영호는 석지훈과의 만남이 리그에도 좋은 영향을 줄 것이라
생각했다. 자기 팀이 이긴다고 분석해 놓고 실제 경기에서 지는
것만큼 면목 없는 경우도 없었다. 따라서 이영호는 팀의 승리를
위해 더 열심히 일하고 싶어졌다. 어떻게든 이겨야 했으니, 이기
려면 선수들을 열심히 훈련시키고 작전도 열심히 짜야 했다. 스
포츠는 정정당당해야 하니까, 이기려면 그래야 했다. 석지훈을
만난 것은 둘도 없는 기회라고, 이영호는 생각했다. 리그 개막을
앞두고 이영호와 석지훈은 각자의 성공 시나리오에 취했다.

김현수의 눈앞에 붉은색 고기가 아른거렸다. 고기를 씹어야 스트레스가 풀리는 김현수는 학교 근처로 거처를 옮기면서 집 근처에 자주 가던 고깃집이 그리워지기 시작했다. 개학 후 며칠은 긴장 탓인지 퇴근 후에 거의 뻗어서 잠들었지만, 일주일이 지나자 슬슬 긴장이 풀리고 스트레스가 쌓여서 눈앞에 삼겹살이 아른거려 미칠 지경이었다.

개학 회식은 할 기미도 보이지 않고, 고기는 심하게 당겼다. 김현수는 학교 주변의 고깃집을 차례대로 순방하기 시작했다. 처음의 두 군데는 마음에 차지 않았다. 분명 생삼겹이라고 했는데 기름이 뭉치고 흘러내리는 것이 냉동 고기가 분명했다. 함께 먹는 배추겉절이나 상추재래기의 맛도 중요했다. 김현수의 좋은 고깃집 조건은 고기가 두툼하고 국내산 생삼겹일 것, 배추겉절이와 상추재래기는 너무 시거나 짜지 않으면서 달착지근해서 고기와 잘 어울리는 맛일 것, 깻잎과 상추, 풋고추, 마늘 등은 무한 리필일 것, 밥은 한 공기가 가득 차야 하며 된장찌개가 서비스로 나올 것, 냉면은 평양식으로 국물이 맑고 깔끔한 맛일 것, 후식으로 아이스크림은 무한대로 제공될 것 등으로 상당히 까다로웠다.

세 번째로 방문한 식당은 정육점과 식당을 함께 운영하는 집이었다. 이번에는 어떤 맛일지 김현수는 미리 나온 상추재래기와 양념 맛을 확인하며 입맛을 다셨다. 생삼겹살 삼 인분을 주문하고 김현수는 안영배를 생각했다. 어차피 혼자 와서 먹을 거면 영배를 앉혀 놓고 먹어도 괜찮겠다고 생각했다. 축구부니까 많이 먹겠지. 그럼 둘이서 오 인분은 넘게 먹겠구나, 라는 생각이 들어 이 근처에 고기 뷔페는 없는지 찾아봐야겠다고 스마트폰을 꺼냈다가 그만두었다. 고기 뷔페는 까다로운 김현수의 식성을 맞춰 준 적이 없었다. 가격이 조금 비싸더라도 맛 좋은 고기라면 충분히 돈을 지불할 용의가 있었다.

김현수는 운동을 결심한 날 괜히 안영배와 축구부 아이들에게 폐만 끼친 것 같아서 심하게 신경이 쓰였다. 미안한 마음에 운동장을 바라볼 수도 없었다. 자연히 운동은 그날로 끝이 났다. 운동을 결심한 것이 부족한 체력 탓이었으니 김현수는 운동으로 체력을 키우는 것보다 고기를 먹어서 몸보신을 하는 편이 낫겠다고 판단했다. 운동을 대비해 지난 주말에도 많이 먹은 것은 사실이었지만 고기는 아니었다. 김현수는 우선 고기로 체력을 보충하고 근처의 헬스클럽에 등록해야겠다고, 첫 번째 고기를 불판에 올리며 생각했다.

고기 맛은 이만하면 합격점이었다. 이제 밥이 한 공기 가득 나오는지, 된장찌개 맛은 어떤지, 냉면은 국물이 깔끔한지 평가할 차례였다. 김현수는 밥을 먼저 먹을지 냉면을 먼저 먹을지 고민에 빠졌다. 냉면은 국물이 중요한데 국물을 많이 마시고 나면 밥이 들어갈 공간이 남을 것 같지 않았다. 김현수는 신중히 고민한 다음 밥을 먼저 주문했다.

주인은 안영배의 아버지였다. 혼자서 200그램짜리 생삼겹을 삼 인분 먹더니 밥을 달라는 손님에게 안영배의 아버지는 고봉밥을 내주었다. 오랜 고깃집 운영 경험상 혼자 와서 삼겹살 삼 인분에 밥까지 달라는 손님은 잠정적 단골 고객이었다. 밥을 본 손님의 표정이 유난히 밝았다. 얼마 지나지 않아 손님은 냉면도 주문했다. 안영배의 아버지는 냉면을 가지고 나갈 때 서비스로 사이다 한 병을 넣어 주는 센스도 발휘했다. 김현수는 삼 일 만에 자신의 검열 조건에 부합하는 고깃집을 찾은 것에 매우 만족했다.

시즌 개막을 앞두고 합숙에 들어간 안영배는 집에 없었다. 안영배는 선발이 확정되어 하루하루가 즐거운 긴장 상태였다. 이영호와 석지훈은 고깃집 바로 옆 골목 포장마차에서 다가올 챌린지 리그를 두고 거래 중이었다. 리그 개막 삼 일 전, 네 남자 모두 기분 좋은 수요일 밤이었다.

11

챌린지 리그 개막전은 전국 여덟 개 고등학교에서 열여섯 팀의 대결로 치러졌다. 석지훈은 이영호의 예측을 기준으로 가장 어렵다고 판단된 경기들을 각각 다른 조합으로 뽑아 승무패식 게임을 준비했다. 스코어식 게임은 이영호가 추천해 준 세 경기로 준비하고 회원들에게 적극적으로 홍보했다. 이영호가 분석해 준 대로 예상 승리 팀을 표시하는 것도 잊지 않았다. 회원들은 사이트에 제시된 승부 분석 자료를 믿지 않았지만 그렇다고 다른 믿을 만한 정보가 있는 것도 아니었다. 첫 주의 승무패식 판매 금액은 오백만 원이 넘었다.

개막 경기에서 안영배는 무실점으로 선방했고, 조용화는 두 골을 터트리며 새로운 스타의 탄생을 예고했다. 이영호는 팀의 승리로 석지훈에게 제시한 승무패 분석의 실효성을 입증했다. 챌린지 리그는 그렇게 순조로운 출발을 하는 듯 보였다.

제2부

이것이 이 땅의 룰

1

날씨가 점점 뜨거워졌다. 낮 두 시나 네 시에 경기를 치르는 운동장은 찜통처럼 뜨거웠다. 인조 잔디가 깔린 경기장은 정오의 태양 아래 달궈질 대로 달궈져서 후보 명단에 이름을 올리지 못한 1학년 선수들이 대형 분무기에 물을 받아 경기장에 뿌렸다.

인조 잔디는 열을 받으면 그대로 달궈져서 선수들의 맨살갗에 화상을 입혔다. 선수들은 화상이 무서워 슬라이딩태클을 꺼렸는데, 태클할 타이밍을 놓쳐 공격수의 돌파를 허용하면 벤치에서 불호령이 떨어졌다. 물에 젖은 인조 잔디는 미끄러웠다. 선수들은 미끄러지지 않으려고 장딴지에 힘을 주어 뛰었다. 스피드가 주 무기인 윙어들은 젖은 인조 잔디 위에서 마음대로 뛰지 못하고 엉거주춤했다. 젖은 인조 잔디 위에서 선수들은 느려지지만 공의 스피드는 빨라져 공격수나 수비수 할 것 없이 패스 미스가 잦았다. 그럴 때마다 벤치에서 온갖 욕설이 뒤섞인 고함이 터져 나왔는데, 선수들보다는 미끄러운 잔디를 보고 하는 소리 같기도 했다.

온몸을 던지는 골키퍼 안영배는 아래위 모두 두껍고 긴 검정색 유니폼을 입었다. 무릎과 팔꿈치, 엉덩이에 보호용 쿠션이 덧대져 두툼했다. 안영배는 태양을 마주 볼 때 공중 볼에서 시선을 떼지 않기 위해 애썼다. 태양과 안영배 사이에 떠 있는 공은 돌연 흑점으로 변해 그림자처럼 숨어 버렸다. 안영배의 시선이 태양을 향하면 공은 사라졌다. 사라지더라도, 시선을 떼서는 안 되는 법이었다. 태양을 피하는 방법을 누군가 알려 주기를 바랐는데, 코치는 태양을 피하는 방법보다는 공을 잘 잡아 내야 한다는 말만 했다. 진영이 바뀌어 태양을 등질 때, 물이 묻어 날아오는 공은 빛을 튕겨 내며 백점으로 돌변해 번쩍였다. 태양을 마주 볼 때와 마찬가지로 번쩍임을 보지 않고 공을 봐야 실수 없이 잡아 낼 수 있었다. 공중에 뜬 눈부신 공과 눈을 마주할 때 안영배는 식은땀을 흘렸다. 어쩔 수 없는 뜨거운 태양 아래 안영배는 온통 젖었다.

은하공고는 리그 개막 후 7라운드까지 6승 1패의 성적으로 선전했다. 6연승 후 1패였다. 패할 때, 안영배는 벤치를 지켰다. 붙박이 주전이 된 줄 알았지만 그날 선발 명단에서 제외되었고 결국 팀은 패했다. 팀이 밀릴 때 안영배는 벤치에서 소리를 지르며 후배 골키퍼를 독려했다. 연승의 중간에 왜 골키퍼 선발을 바꾸었는지 궁금했지만 혼자서 모든 경기에 출전하며 자만하는 것보다 경쟁 심리를 가지는 것이 도움이 되리라 생각하고 안영배는 스스로를 다독였다.

6라운드를 치른 이영호는 팀의 무패 행진에 기분이 좋았다. 고령의 감독은 이제 경기 중에도 벤치에 앉아 거의 일어나는 법이 없었다. 가끔 심판 판정에 불만 가득한 표정으로 슬쩍 일어났다가 아무 말 없이 다시 자리에 앉았다. 경기 전과 하프타임에 이미 이영호가 지시한 전술을 수학 선생님처럼 공식대로 전술 판에 설명하는 일이 감독이 하는 전부였다. 이영호는 팀의 좋은 성적은 모두 자신의 실력 덕이라 여겼다. 감독이 학교 재단으로부터 지원금만 제대로 받아 오면 그런 감독에게도 불만은 없었다.

석지훈과 이영호는 일주일에 한 번 만나 다음 경기의 예상 승무패를 논의했다. 이영호는 자신이 준비한 자료를 석지훈에게 건네고 석지훈이 납득할 만한 논리적인 근거를 제시하며 경기 결과를 예측하는 대가로 한 회에 삼십만 원을 받았다. 한두 시간 만나 경기 분석을 해 주는 대가로 삼십만 원은 괜찮은 용돈 벌이라고, 이영호는 석지훈을 만날 때마다 생각했다.

석지훈은 은하공업고등학교의 6연승 질주가 부담스러웠다. 회원들이 은하공고는 무조건 이긴다는 공식을 만들어 은하공고의 모든 경기를 승리로 예측하기 시작하고, 또 그것이 현실과 들어맞는다면 좋을 것이 없었다.

"영호야, 너희 팀은 왜 맨날 이기냐? 한 번씩 비기기도 하고 지기도 하고 그래라. 그래야 재미있지. 이거 재미없어서 하겠냐? 우리 게임에 맨체스터 유나이티드나 바르셀로나 경기가 왜 포함 안 되는지 모르냐?"

"오, 우리 팀이 고교 리그의 바르셀로나다, 이 말인가 지금? 기분 좋은데?"

"농담할 때가 아냐 인마. 은하공고는 백전백승이다 그러면 배당이 낮아져요. 아직도 이해가 안 되냐?"

"뭐야, 너 지금 우리한테 몇 번쯤 져라, 이렇게 주문하는 거야? 이거 승부 조작인데, 중죄야 인마."

사실 석지훈이 이영호에게 돈까지 쥐여 줘 가며 고교 리그 승부 분석을 의뢰한 것은 더 큰 그림을 그리기 위한 미끼였다. 고교 리그에 대한 정보가 필요하기는 했지만 정보는 어디에서나 구할 수 있었다. 석지훈에게 진짜 필요한 것은 해당 리그의 팀에 직접 종사하면서 경기 결과에 영향을 줄 수 있는 동업자였다.

석지훈은 이영호를 오천 원짜리 승무패식 게임의 조언자가 아니라 판이 큰 스코어식 게임의 스코어 메이커로 키울 작정이었다. 이영호를 스코어 메이커로 만들기 위해 그동안 석지훈은 이영호를 돈으로 달래 왔던 것이었다. 적당한 타이밍을 기다리던 차에 이영호의 입에서 승부 조작이라는 말이 나오자, 석지훈은 모른 척하며 이야기를 더 해 보기로 했다.

"승부 조작? 그게 가능했으면 나는 완전 떼돈 벌었게?"

"넌 인마, 지금도 돈 많잖아. 근데 무슨 떼돈?"

"스코어식은 베팅 금액 제한이 없잖아. 그런데 어떤 놈이 미친 척하고 2대 1 스코어에다 일억 원을 베팅한다고 생각해 봐라. 그런데 그게 맞아떨어지면 난 죽는 거지. 한 주에 이억 원이 날아가는 거야."

"도박 한 판에 일억 던질 놈이 있기나 하냐?"

"없으리란 보장도 없지. 더 현실적으로는, 회원들이 주로 스코어식에 베팅하는 인기 점수가 있어. 예를 들어 2대 1, 2대 2, 1대 0, 1대 1, 3대 2, 뭐 이런 단골 스코어에 베팅하는 사람이 많다는 말이야. 십만 원씩 백 명이 베팅해서 모조리 적중하면 나는 이천만 원을 잃고, 반대로 이 스코어를 모조리 피해 가면 나는 천만 원을 고스란히 따는 거지. 그럼 떼돈이야, 떼돈. 이렇게 눈 딱 감고 일 년만 버티면 여느 중소기업 안 부러워."

"그런 판이 열 개 넘으면, 잉글랜드, 스페인, 이탈리아……

와, 정말 떼돈이겠다?"

"내가 잉글랜드 게임을 마음대로 어떻게 할 수가 있나?"

석지훈이 의미심장한 미소를 지었다. 어디선가 싸늘한 한기가 다가와 이영호의 다리를 적셨다.

"너 이 자식. 나한테 접근한 진짜 목적이 뭐야?"

석지훈은 이제야 제대로 된 이야기를 할 수 있겠다 싶었다. 여기까지 오느라 이영호에게 쏟아부은 돈만 오백만 원이 넘었다. 쇠뿔은 단김에 빼렸다고, 이영호는 돌직구로 승부를 보기로 마음먹었다.

"너 지금 6연승했잖아. 내 장담하는데, 90퍼센트는 다 은하공고가 승리하는 스코어에 베팅할 거야. 그런데 실제로 승리한다? 그럼 난 쪽박 차는 거야. 반대로 패한다? 나는 대박 나는 거지. 야, 말이 나왔으니 하는 이야긴데 나 지난 세 경기 쪽박 썼다. 손해 좀 봤으니 이번에 찾아와야지. 어때? 연습 삼아 이번 경기는 비기거나 지는 스코어를 한번 만들어 봐, 코치님. 나 잃은 돈 좀 따자. 보고 결과 좋으면 10퍼센트 떼 준다."

이영호는 할 말을 잃었다. 처음부터 이런 계획이었나? 그래서 내게 접근했던 건가? 지금 경기를 조작하란 말인가? 이영호의 심장은 승부 조작이라는 검은 피를 몰아내려는 듯 쿵쾅댔지만 동시에 머릿속에는 일억이라는 이름의 바다가 일렁였다. 심각해진 이영호를 두고 석지훈은 일어섰다.

"뭘 그렇게 고민해. 경기 지켜본다. 선택은 네가 해."

2

은하공고의 7라운드 경기 상대는 현재 조 8위 팀이었다. 이 팀에게 진다고 해도 현재 조 1위인 은하공고에게 큰 타격은 아니었다. 여섯 경기를 모조리 승리했으니 한 경기를 진다고 당장 문책을 받을 일도 아니었다. 베팅은 경기 시작 오 분 전까지 가능했다. 선발 선수 명단도 그때까지는 수정할 수 있었다.

이영호는 일주일 내내 석지훈의 말을 생각했다. 어려서 축구를 시작해 프로 팀에서 큰 빛을 보거나 태극 마크를 달지는 못했지만, 누구보다 축구를 사랑하고 한국 축구의 발전을 기원하는 사람이라고 이영호는 자부했다. 모교의 코치직을 제안받았을 때 이영호는 후배들을 위해서 축구 교육자의 길을 가겠다는 큰 꿈을 품었다. 코치로 일한 지 삼 년 만에 팀을 챌린지 리그 우승으로 이끌었고, 졸업생들이 좋은 프로 팀이나 대학으로 갈 수 있도록 뒤에서 힘썼다. 그 과정에서 축구판에 환멸을 느낀 적도 있기는 했다. 아끼는 선수의 프로 팀 진출이 좌절되고 대학 입학에서도 실력보다는 로비에 밀렸을 때, 스포츠 정신은 없고 오직 돈이 세상을 지배하는구나, 생각한 적도 있었다. 팀이 경기에서 이기는 것이 가장 큰 기쁨이었는데, 팀은 이겨도 자신은 고교 팀의 코치를 벗어날 수 없다는 좌절감이 들 때도 있었다. 자신은 빛을 보지 못했던 무대에서 후배들이 잘되는 것을 보면 배 아플 때도 많았다. 이들에게 나는 축구 은사로 남을 수 있을 것인가. 나는 이렇게 늙어 아무 쓸모 없는 인간이 되는 것은 아닌가. 이영호는 온갖 생각으로 머리가 다 아플 지경이었다.

7라운드 경기 직전에 석지훈에게서 문자메시지가 도착했다.

—베팅은 예상대로. 말했듯이, 선택은 네가 해라.

이영호는 선발 골키퍼와 스트라이커를 1학년 선수들로 바꿨다. 감독에게는 하위 팀과의 경기니 경험도 쌓고 기회도 골고루 부여하기 위해서라고 설명했다. 이영호는 어쨌든 자신은 정당한 선수 교체 권한을 사용한 것이라며 스스로를 진정시켰다. 이들이 나가서 경기를 승리로 이끌지도 모르는 일이었다.

경기가 시작되는 순간 이영호는 작년 정규 리그 마지막 경기가 떠올랐다. 그때는 유성고 코치 김민수와 학교 재단을 위해 좋은 일을 한다는 느낌이었는데, 그래서 죄책감도 없었는데, 이번에는 좀 달랐다. 이영호는 벤치에 앉은 안영배를 슬쩍 봤다.

안영배는 그 사건 이후로 아무 말이 없었다. 자신을 원망하지도 않았다. 무슨 생각을 하는지 물어보진 않았지만, 그날을 잊진 않았을 것 같았다. 이영호는 경기에 집중할 수가 없었다.

경기는 은하공고의 패배로 끝났다. 6승 뒤에 1패였다. 안영배가 벤치에서 소리를 지르며 후배 골키퍼를 응원했지만 작은 키에 공중 볼 처리가 미숙한 골키퍼는 코너킥 상황에서 두 골을 실점했다. 1학년 스트라이커는 결정적인 찬스를 살리지 못했다.

경기가 끝나자마자 석지훈으로부터 백이십만 원이 입금되었다. 입금을 알리는 문자메시지의 진동이 날카로웠다. 그 날카로움이 허공을 뚫고 돈을 배달했다. 죄책감을 느끼고 후회할 시간도 없었다.

이영호는 직접적인 지시가 아닌 선수 교체 정도는 승부 조작이라 불릴 만큼 큰일은 아니라고, 생각했다. 이 기회에 1학년 선수들도 선발 기회를 잡았으니까. 이영호는 좋은 쪽으로 생각하려 했지만, 찝찝한 기분을 지울 수는 없었다.

석지훈은 은하공고의 7라운드 경기를 스코어식 게임으로 준비하며 불안했다. 이영호에게 승부수를 던졌지만 확실한 답은 받지 못했다. 회원들의 예상 스코어는 은하공고의 승리로 기울어져 있었고 은하공고의 패배에 베팅된 금액은 적었다.

초조했던 석지훈은 은하공업고등학교를 찾았다. 6연승 중인데다 홈경기라서, 이영호가 자신의 제안을 들어줄지 예상할 수 없었다. 후반전이 진행 중인 경기장 점수판에는 0대 2의 숫자가 선명했다. 은하공고가 뒤지고 있었다. 석지훈은 그동안 공들인 보람이 이제야 나타나는구나, 하고 속으로 쾌재를 불렀다.

경기 종료를 확인한 석지훈은 경기장을 떠나며 폰뱅킹으로 이영호의 계좌에 송금했다. 죄책감을 느끼기 전에 돈이 주는 긍정의 마법을 불어넣을 필요가 있었다. 석지훈은 은하공고의 패배로 천이백만 원을 땄다.

3

팀의 패배로 가장 화가 난 사람은 2학년 6반 스트라이커 조용화였다. 조용화는 지난 시즌까지는 주목받지 못한 1학년이었는데, 이번 시즌 첫 경기에서 두 골을 집어넣으며 일약 스타로 떠올랐다. 지난 시즌 우승의 주역들이 프로 팀으로 진출하자 은하공고 공격진에는 춘추전국시대가 열렸다. 조용화는 개막전 이후 다섯 경기에 모두 선발 출전하며 매 경기 공격 포인트를 기록했다. 조용화는 현재 여섯 골로 득점 랭킹 선두였다.

7라운드에서도 당연히 선발 출전할 것을 예상했던 조용화는 경기 직전 벤치 신세로 전락하자 몹시 기분이 상했다. 코치고 뭐고 없이 한번 따져 보고 싶어 구십 분 내내 씩씩거렸다. 설상가상으로 팀이 0대 2로 끌려가는데도 교체 기미가 안 보이자 몸을 푸는 척하며 애꿎은 물통만 냅다 걷어찼다.

이번 경기에는 안영배도 출전하지 못했다. 안영배는 개막전을 포함해 여섯 경기 중 네 경기를 무실점으로 선방했다. 실점은 단 2점밖에 없었다. 아무리 상대가 리그 8위 팀이라지만 주전 스트라이커와 골키퍼를 모두 빼고 경기에 나간다니, 차포를 다 떼고 장기를 두는 것과 무엇이 다르단 말인가. 안영배는 묵묵히 벤치를 지키며 가끔 후배 골키퍼를 향해 파이팅을 외쳤지만 조용화는 경기 내내 울화통이 치밀어 가만있질 못했다.

조용화는 순발력과 파괴력이 뛰어났지만 침착하지 못했다. 수비 라인을 뚫는 타이밍을 정확히 읽어 내고도 침착하지 못해 자주 오프사이드에 걸렸다. 골키퍼와의 일대일 상황에서는 옆을 보지 못하고 강한 슈팅으로 뚫으려 했다. 명백히 패스만 하면 득점할 수 있는 상황에서도 조용화는 슛을 날렸다. 공격수는 득점해야 살아남는다, 라며 조용화는 끊임없이 욕심을 냈다.

축구부 합숙소에는 컴퓨터가 여덟 대 있었는데 합숙하는 학생들이 여가 시간에 사용할 수 있었다. 학생 수에 비하면 턱없이 부족했지만 그래도 없는 것보다는 나았다. 네 명씩 팀을 짜서 스타크래프트를 하거나 둘둘 편을 먹고 피파온라인을 했다. 가장 인기가 많은 게임은 역시나 축구 게임이었다. 이용 시간에 제한이 있는 공용 컴퓨터인 만큼, 학생들은 자체 게임 리그와 룰을 만들고 최대한 정해진 시간에 맞춰 게임을 즐겼다. 은하공업고등학교 축구부의 피파온라인 리그는 토너먼트 방식으로 매주 월요일과 화요일 휴식 시간에 진행되었는데, 참가비 명목으로 몇천 원씩 걷은 돈이 우승 상금이었다. 여기서 1등은 단연 조용화였다. 조용화는 한 달 내내 우승을 차지해 십만 원이 넘는 상금을 받았다. 조용화는 상금에 용돈을 보태 새 축구화를 샀다. 공격수는 축구화부터 남달라야 한다고, 그래야 자신감이 생겨서 더 잘하게 된다고, 조용화는 믿었다.

4

김현수는 중간고사 시험문제를 출제하며 황홀해서 거의 죽을 지경이었다. 시험공부에 시달리던 자신의 인생이 이렇게 한순간에 역전되다니, 기가 막혔다.

이제 대놓고 돼지라고 놀리는 학생들도 많아졌다. 그 학생들은 대부분 영어 수업 시간에 엎드려 자거나 딴짓을 하면서 김현수와 친해진 아이들이었다. 김현수는 수업 시간에 열심히, 순순히 따라오는 아이들보다는 공부 안 하고 엎드려 자는 아이들에게 더 관심이 많았다. 너희들 정말 수능 시험을 안 치려고 그러니? 당장 취업해서 돈 번다고 인생이 아름다워질 것 같니? 당당하게 시험 점수를 받아 보란 말이야! 그러다가 후회하지 말고 지금 선생님 말 좀 들어라, 응? 김현수는 끈질기게 아이들을 회

유했다. 중요한 시험마다 미끄러져 스스로에게 실망스러운 인생을 살아온 김현수는 이 아이들은 그렇게 되지 않기를 바랐다. 그래 봤자 아이들은 각자의 전공 기술 자격증 시험에나 신경을 썼다. 영어 시험을 잘 쳐 봐야 득 될 것이 없다며 버티는 반 아이들을 대상으로 김현수는 삼겹살을 걸었다. 아이들은 담임 선생님이 영어 시험에 삼겹살을 걸자 저 돼지가 생긴 대로 노네, 라며 놀려 댔는데 생각해 보니 시험도 잘 치고 삼겹살도 얻어먹을 절호의 찬스였다.

"선생님은 말이다, 공부 잘하는 아이들만 데려가는 더러운 세상을 제일 싫어한다, 이 말이다. 너희들 전체의 평균이 80점을 넘으면 다 같이 삼겹살을 먹고, 아님 말고. 뭐, 알아서들 잘하길 바라오."

누구보다 시험에 통과 못한 서러움을 잘 아는 김현수였기에, 다 함께 잘하면 다 같이 먹고, 못하면 다 같이 못 먹는 룰을 제안했다.

영어 시험에서 한 번도 50점을 넘어 보지 못한 아이들은 어떻게 평균 80점을 넘느냐며 까칠하게 굴었다. 어이가 없다며 툭툭대면서도 어떻게 하면 고기를 먹을 수 있을지 생각하는 눈치였다. 그러더니 태도를 바꿔 김현수를 붙잡고 늘어지기 시작했다. 여학생들은 온갖 애교를 다 부리며 시험문제를 쉽게 내 달라고 애원했다. 공부 좀 한다는 아이들은 요점 정리를 따로 모아서 영어 공부를 포기한 남학생들에게 돌렸다. 김현수는 최대한 쉽게 설명하랴 자는 아이들을 깨우랴 목이 다 쉬어 버릴 지경이었지만, 어느 때보다 초롱초롱한 눈망울의 아이들을 보며 즐거웠다.

문제를 어느 정도 난이도로 해야 적당히 변별력 있는 문제도 내면서 삼겹살도 먹을 수 있을지 고민하던 김현수는 문득 축구부 아이들을 떠올렸다. 영어 시험을 잘 쳐야 할 이유도 없겠지만 수업에 참석하지도 못하는 아이들에게 시험 점수를 내기로 거는 것도 불합리했다. 뭔가 다른 방법을 찾아야 했다.

축구부 합숙소는 운동장을 사이에 두고 학교 건물과 마주하고 있었다. 김현수는 퇴근길에 반 아이들을 만나러 합숙소에 들렀다. 챌린지 리그의 모든 경기는 학생들의 학업권 보장을 위해 주말에 열리지만 그렇다고 축구부 학생들이 수업에 참가하는 것은 아니었다. 새벽 운동, 오전 운동, 오후 운동, 야간 운동의 하루 일정을 소화하며 수업까지 챙겨 들어가는 것은 무리였다. 이 학교의 많은 학생들이 자신의 전공이 있듯, 축구부 학생들은 축구가 자기 전공이라고, 김현수는 생각했다. 그래도 교실에 한 번밖에 오지 않은 것은 너무했어, 라고 생각하려다가 그만두었다. 또 훈련이나 방해하지 않은 것이 잘한 일이라고 생각했다.

선수들은 저녁 식사를 마치고 야간 훈련 시간 전까지는 최대한 편하게 쉬며 컨디션을 조절했다. 조용화는 지난 경기에 출전하지도 못하고 경기에도 패배해서 기분이 별로였다. 게임으로 스트레스나 풀자는 생각에 컴퓨터 앞에 앉아 있었다.

지난번에 안영배 찾기에 도전하다가 괜히 민망하기만 했던 후로 김현수는 생활기록부에 있는 사진을 유심히 보고 축구부 학생들의 얼굴을 익혀 놓은 상태였다. 안영배나 김경식, 조용화가 어디 있을까, 생각하며 김현수는 자연스럽게 게임하는 학생들에게로 향했다.

"넌 뭐, 잡으면 바로 다 슛이구나."

유난히 집중해서 슛을 날려 대는 학생 뒤에서 김현수가 말했다. 낯선 목소리에 고개를 돌린 학생은 조용화였다.

"어라, 용화네. 조용화, 맞지?"

"아, 선생님. 안녕하세요."

"게임 좋아하는구나. 선생님이랑 한판 해 봐?"

"네? 선생님도 게임하세요?"

"그럼 너 나한테 이기면 내가 삼겹살 쏜다."

"진짜죠? 오케이, 아싸!"

그렇지 않아도 손이 근질대던 김현수였다. 요즘 계속되는 잡무에 중간고사 문제 출제까지 겹쳐서 도통 게임을 못 하고 있었는데, 축구부 합숙소에 이런 게임방이 차려져 있다니 반가운 마음이 앞섰다. 만나러 온 학생이 게임을 하고 있으니 같이 한판 하면서 이야기하는 것도 나쁘지 않겠다 싶었다.

은하공업고등학교 축구부 피파 리그의 절대강자 조용화 선수와 수험생 클럽 리그 오 년차를 자랑하는 준프로게이머급 김현수 선수의 사제 간 대결이 급성사되었다. 피파온라인 게임은 게이머가 직접 감독이 되어 팀을 선택해 마음에 드는 선수를 영입하고 육성해 플레이할 수도 있고, 현존하는 클럽을 선택해 오리지널 멤버로 게임을 즐길 수도 있다. 유명 선수들이 밀집한 세계 최고의 클럽을 골라 능력치가 높은 선수들로 플레이하는 것이 유리한 점도 있었지만 직접 기른 선수들로 플레이할 때보다 조직력이 약해 불리한 점도 있었다. 김현수는 누구나 다 갖고 있는 유명 선수들은 식상하고 재미없다며 이름은 알려지지 않았지만 자기 스타일이 강한 선수들을 육성하고 있었다. 반면 조용화는 피파 선정 올해의 베스트 일레븐에 뽑힌 선수들로만 팀을 구성하는 스타일이었다.

"뭐, 게임은 게임이니까 성질내기 없기다. 육성 팀으로 할까, 아님 클럽을 골라서 할까?"

"선생님 좋으실 대로요."

"오호라? 자신만만한데? 그럼 일단 육성 팀으로 고고씽?"

"오케이, 콜."

조용화는 178센티미터, 우리나라 축구 선수로서는 평균 키였지만 몸무게는 70킬로그램 정도였다. 의자에 앉은 뒷모습만 얼핏 봐도 조용화를 두 겹으로 포개야 김현수의 두께가 나올 것 같았다. 여기저기서 편하게 누워 있던 축구부 아이들이 모이기 시작했다. 학교 선생님인 것은 알고 있었지만 한 번도 이야기해 본 적은 없어서 조금 낯선 뚱뚱보 아저씨와 축구부 내 게임 대표인 조용화의 대결은 흥미로운 구경거리였다. 축구 잡지를 보던 안영배도 웬 난리인가 싶어 컴퓨터 앞으로 다가갔다.

김현수는 두 명의 수비형 미드필더를 써서 수비에 무게를 두고 역습을 주로 펼치는 4-2-2-2 포메이션을 사용했다. 빠른 발의 윙플레이어와 패스에 능한 수비형 미드필더들이 공격의 중심이었다. 투톱은 키는 작아도 몸놀림이 빠르고 위치 선정 능력이 좋은 캐릭터를 써서 짧은 패스와 낮은 크로스로 상대 골문을 노렸다. 조용화는 피파 선정 베스트 일레븐 선수들로만 팀을 구성하여 가장 공격적인 4-3-3 포메이션을 사용했다. 세 명의 공격수가 중앙으로 침투하며 어느 위치에서나 중거리 슛을 시도했다. 슈팅 키를 조합하면 인프런트, 아웃프런트의 다양한 슈팅 기술을 사용할 수 있었는데, 조용화는 왼발과 오른발을 가리지 않고 기회만 보이면 슛을 날렸다. 패스는 무조건 앞으로만, 두 번을 넘기지 않고 슈팅으로 이어졌다.

게임은 팽팽했다. 오 분으로 설정된 경기 시간이 빠르게 흘렀다. 조용화가 드리블 이후 패스도 없이 바로 날린 슛이 방어할

틈도 없이 골로 연결됐다.

"야, 이거 게임 만든 사람들 생각이 있는 거냐. 이게 어떻게 들어가!"

"쌤, 호날두잖아요. 이 정도는 해야죠."

김현수는 단번에 때려 넣어 점수만 쌓는 축구는 의미가 없다고 생각했다. 여러 번의 패스가 물 흐르듯이 이어져 작품이 완성되는 오케스트라형 축구가 좋았다. 조용화는 김현수의 패스 플레이에 애가 탔다.

"에이, 쌤. 볼 돌리지 말고 정면 승부해요!"

"가만있어 봐. 아트 사커는 이런 거지!"

최종 스코어는 3대 3. 승부차기가 진행되었다. 뒤에서 지켜보던 안영배가 조용화를 응원했다.

"야, 골키퍼 여기 있다. 왼쪽, 아니 오른쪽, 아니 왼쪽!"

안영배가 왼쪽, 왼쪽 하는 통에 김현수는 자기도 모르게 왼쪽으로 슛을 날리고 말았다. 조용화가 그 골을 막았고 결국 승부차기에서 승리했다. 김현수는 어색할까 봐 걱정했던 아이들과 게임도 하고 웃으며 놀 수 있어서 정말 좋았다.

"내가 졌으니 약속대로 삼겹살 사야지. 너희들 언제 나올 수 있냐?"

"평일엔 안 돼요. 토요일에 보통 나가긴 하는데, 그때 저희가 말씀드리러 갈게요. 근데, 여기 게임하러 오신 거예요?"

게임에 이긴 조용화가 신 나서 물었다. 김현수는 그제야 여기 온 이유가 생각났다.

"아, 맞다. 우리 반 아이들이랑 내기를 했어. 그러고 보니 이것도 삼겹살 내긴데. 이번 중간고사에서 영어 시험 반 평균이 80점을 넘으면 선생님이 삼겹살을 쏜다! 너희는 용화가 게임 이겼으니 이걸로 된 거네."

"우와, 정말요? 그럼 삼겹살 파티는 저희 전반기 리그 끝나고 해요."

"아, 그렇구나. 어쩔 수 없으면 너희 셋만 따로 먹어도 되고. 이 선생님은 삼겹살이라면 열 번 먹어도 끄떡없다."

모처럼 기분 좋은 약속을 하고 김현수는 합숙소를 나왔다. 무뚝뚝하고 단단할 것만 같던 축구부 아이들이 좋아하는 모습은 색다른 즐거움이었다.

다른 반 아이들에게는 미안하지만 일 년짜리 시한부 담임이 학생들에게 해 줄 수 있는 일이 없었다. 고작 일 년 볼 사이에 이거 하지 마라, 저거 하지 마라, 하지 말라는 말만 하다가 보낼 수는 없었다. 학교와 계약 관계를 통해 만났다고는 하지만 스승과 제자 아닌가. 내년에도 여기 이 학교에서 이 아이들이 살아가는 모습을 볼 수 있을지 없을지 모르는데, 아무런 기억도 남기지 못하는 사람이 되는 것은 싫었다. 학교에 들어오게 된 경로야 어찌 되었든 아이들에게 나는 선생 아닌가. 선생? 스승? 거

참······.

　김현수는 일 년뿐인 계약 기간을 연습하듯 대충 하려고 생각
했던 자신이 조금은 부끄러웠다.

5

　삼겹살 소문이 돌자 김현수는 교감 선생님의 호출을 받았다.
김현수는 정식 교사 임용 기준이 애교심이라는 사실은 알았지
만, 애교심을 어떻게 평가하고 있는지는 알지 못했다. 그래서 그
동안 자신도 모르게 애교심을 발휘하고 있었던가 싶어 교감 선
생님의 호출에 잠시 설레기도 했다. 혹시 정식 교사로 임용하려
는 것은 아닐까. 그럼 임용고사에서 벗어날까. 다른 조건이 또
있지는 않을까? 김현수는 교감 선생님을 만나기로 한 시간이 가
까워지자 오만 가지 생각이 다 들었다.

　"김 선생님. 아이들에게 인기가 많더군요. 듣자 하니 그 반 학
생들이 영어 공부에 열심이라면서요."

　교감 선생님은 다리를 꼰 채 소파에 파묻혀서 말했다.

　"작은 내기를 하나 해서 아이들이 기대가 좀 큰 모양입니다.
인기는 없고 놀리기 쉽고 편하니까 그런 게 아닐까요."

　"김 선생님. 단도직입적으로 말씀드리자면, 선생님이 삼겹살
을 약속하시는 바람에 다른 선생님들 입장이 난처해지셨습니

다. 학교에는 공정해야 하는 것이 있어요. 시험 성적에 그런 보상을 걸다니요. 다른 선생님들은 무엇을 걸어야 할까요. 피자니 치킨이니 이런 것들을 한 분 두 분 자꾸만 건다고 생각해 보십시오. 이거 시험 한번 치려면 아이들 입맛에 맞는 음식으로 학교가 온통 가득 차야 하겠습니다. 시험이란 건 아이들이 평소에 배워서 익힌 것을 평가하는 겁니다. 고기나 먹자고 단기간에 으라차차 하는 것도 아이들 학습에는 좋지 않아요. 자꾸 큰 보상을 원하고 보상이 없으면 아무것도 하지 않는 그런 속물들이 되기를 바라십니까. 첫 직장이고 첫 담임이셔서 열정이 넘치는 것은 이해합니다만, 학교에 오랜 시간 근무해 오신 다른 선생님들 생각도 좀 해 주셔야죠. 참교육은 눈앞의 먹거리에 의존한다고 되는 게 아닙니다."

"아, 그런 게 아니라…… 죄송합니다. 생각이 짧았습니다."

김현수는 순간 많은 생각을 했지만 입 밖으로 나온 말은 죄송하다는 말뿐이었다. 교감 선생님의 말이 구구절절 원칙에 맞는 말이기는 했다. 김현수는 고민에 빠졌다. 삼겹살을 미끼 삼아 재미있는 시간을 보내고자 한 것인데, 생각이 짧았던 것은 인정하지만 그렇다면 도대체 선생과 제자들 사이에는 어떤 이벤트가 공정하고 교육적인 것인지. 오늘도 흡연 금지, 학교 폭력 근절, 게임 중독 예방, 밤 열 시 이후 유해업소 출입 금지나 전달하고 말 생각에 김현수는 가슴이 답답했다.

교무실에 돌아와 앉아 있으니 축구부 아이들과 게임 한판 한 것도 소문이 돌면 혼나겠구나, 하는 생각이 들었다. 반 아이들과의 약속을 자연스럽게 지키기 위해서는 시험문제를 조금 어렵게 바꿔야겠다고 생각하면서도 축구부 아이들만은 원 없이 삼겹살을 먹게 해 주고 싶었다.

이영호는 며칠째 악몽에 시달렸다. 꿈에서 이영호는 한없이 작아졌다. 아무리 소리를 질러도 듣는 이 없고 아무리 뛰어도 제자리였다. 이영호는 그곳이 안영배가 지키는 골문 앞이라는 것을 깨달았다. 골대가 너무 커서 눈에 다 담을 수도 없었다. 안영배는 무릎을 꿇고 낙담해 있었다. 안영배의 심장 소리가 너무 커서 이영호는 제발 이 소리를 멈춰 달라고 비명을 지르며 골대에서 도망쳤다. 그러나 아무리 도망쳐도 제자리였고 골대를 벗어날 수가 없었다.

또 다른 꿈에서 이영호는 석지훈의 얼굴을 한 스핑크스 앞에 엎드려 있었다. 이영호는 석지훈이 내는 문제를 맞히기 위해 온갖 잔꾀를 다 짜냈다. 석지훈의 웃음소리가 너무 커서 이영호는 그만하라며 미친 듯이 뛰었지만 아무리 뛰어도 제자리였다.

지난 7라운드 경기에 의혹을 제기하는 사람은 없었다. 감독도 모든 경기에 이길 수는 없으니 지는 것도 어린 선수들에게는 좋은 경험이 될 수 있다는 말뿐이었다. 경기 녹화 테이프는 각 팀의 전력 분석 자료로만 쓰였고, 선발 선수와 교체 선수 명단은 경기 감독관에게만 제출되었다. 고교 리그는 중계도 없었다. 경기가 진행되는 구십 분 내내 경기에 몰입하는 사람은 선수들과 심판진, 코치들, 몇 명의 선수 가족뿐이었다. 이영호는 팀의 전력을 최고로 끌어올리지 않은 자신의 행위에 양심의 가책을 느꼈지만, 양심은 남에게 노출되는 것이 아니었다. 모든 의혹과 불안은 이영호의 내부에 있었다. 그리고 석지훈이 있었다.

8라운드를 앞둔 수요일, 석지훈은 시내의 고급 룸살롱으로 이영호를 불렀다.

"쓸데없는 생각 하지 말고, 오늘은 그냥 마시고 놀자고. 어차피 지난 일이잖아. 야, 마셔."

석지훈이 돈이 든 봉투를 흔들어 보인 후 이영호 앞에 툭 던졌다. 이영호는 봉투에 든 돈이 얼마인지 잘 알고 있었다. 그리고 석지훈이 차지했을 액수를 생각했다. 이영호는 돈 봉투를 옆으로 밀어냈다.

"아니, 술은 됐고. 너 도대체 나한테 원하는 게 뭐냐?"

"뭐냐니, 알잖아. 고교 챌린지 리그 승무패 예측 분석."

"그리고 또?"

"그리고 뭐, 가끔은 너무 이기지만 말고 지라는 것."

"이 개새끼가. 너 지금 사람 갖고 장난하냐? 똑바로 이야기해.

뭘 얼마나 해 처먹으려는 건지. 도대체 날 뭘로 보고 이따위 도박판에 끌어들인 거야?"

이영호가 석지훈의 멱살을 잡아 던지듯이 밀치며 소리쳤다. 석지훈은 어차피 한 번은 부딪쳐야 할 일이라고 생각했다. 이제는 숨기는 것 없이 까놓고 이야기하는 편이 여러 모로 낫다고 생각했다.

"이거 왜 이래. 너네들 하던 짓 좀 같이 하고 돈도 같이 벌어서 나눠 먹자는데. 싫으셔? 이제 와서 양심에 가책이라도 느끼시나 보지?"

이영호는 순간 섬뜩했다.

"하던 짓이라니? 뭔 개소리야?"

"너 골키퍼한테 얼마 줬냐? 작년 리그 마지막 경기, 나는 다 봤거든. 누구나 이상하다고 느꼈겠지만 다들 그냥 그러려니 했겠지. 애들 공 차고 노는 데 어른이 끼어들어서 이거 이상하다느니 조작이라느니 이런 말 안 한단 말이야. 그런데 나는 봤어. 본 걸 어떡해. 아니야? 유성고랑 나란히 짜고 친 고스톱 아니냐고."

사실 근거는 없었다. 그날 경기 상황을 보며 고객사와의 사전 조작 시에 오가던 야릇한 기운을 느꼈고 약간의 상상을 펼쳐 보았을 뿐이었다.

이영호는 석지훈이 그 상황에 대해 알고 있으리라고는 상상도 못 했다. 도대체 어디까지 알고 있는 걸까. 사실이 탄로 난다면 영영 축구계에서 추방당할 게 뻔했다. 이제 완전히 다른 상황이었다. 이영호는 석지훈 앞에 벌거벗은 기분이었다. 석지훈이 먼저 입을 열었다.

"구린내 안 나는 사람이 어딨냐. 우린 손잡고 돈을 벌면 되는 거지. 그동안 내 덕에 돈 많이 벌었잖아. 이제 서로 구린 데를 알았으니 더 끈끈하게 붙어먹을 수 있게 된 거 아닌가?"

"나한테 바라는 게 뭐야?"

어두운 표정의 이영호를 향해 석지훈은 비린 웃음을 흘렸다.

"별로 없어. 지금 새 종목 수입도 안정적이고, 회원들 반응도 괜찮고. 이대로 이번 시즌만 조용히 지나가면 뒤탈 없이 끝내 줄게. 어차피 오래 끌 것도 아니었어. 대신 그때까진 일을 좀 확실하게 해 줘야겠어."

이영호는 이렇게 된 이상 이번 시즌은 소란 없이 마치는 것이 서로에게 가장 좋은 일이란 걸 깨달았다. 최대한 석지훈의 신경을 건드리지 말고 좋은 쪽으로 해결하는 것이 현명한 방법인 듯했다. 석지훈은 잠시 기다렸다가 말을 이었다.

"은하고 경기가 스코어식 게임으로 올라가는 날, 물론 매주 그런 건 아니야, 그때마다 내가 알려 준 스코어만 피하면 돼. 베팅이 집중되는 스코어대로 경기가 끝나면 좋을 게 없잖아. 여간해선 잘 나오지 않는 스코어를 만들어 봐. 이겨도 크게 이기고 져도 크게 지란 말이야. 베팅이 이기는 쪽으로 몰리면 지고, 지는 쪽으로 몰리면 이기라고. 그럼 15퍼센트를 네 몫으로 줄게."

지난번 10퍼센트보다 높아진 비율이었다. 이영호는 어금니를 꽉 깨물었다. 다른 방법이 없었다.

"좋다. 대신 우리가 리그 우승하는 데 방해가 된다면 거절한다. 져 주는 경기는 세 경기를 넘기지 않겠다."

"뭐, 그건 앞으로 봐야 할 일이지. 중요한 건 승패보다 스코어니까. 어쨌든 좋아. 이걸로 거래는 성사된 거다. 날 물먹일 생각은 안 하는 게 좋아."

이날 둘은 취했다. 석지훈은 오래 공들인 일을 마무리한 후련함과 벌어들일 돈 생각에 취했다. 이영호는 뼛속까지 다 드러난 듯한 불안함과 어떻게 해도 석지훈을 이길 수 없다는 패배감에 취했다. 석지훈이 부어 주는 술을 받아 마시던 이영호가 먼저 정신을 잃었다.

6

김민수의 유성고는 작년 리그에서 조 3위로 왕중왕전에 진출하는 데 성공했으나 왕중왕전 토너먼트에서 탈락했다. 각 조 1위를 제외한 2, 3위 네 팀이 먼저 경기를 치러 이긴 팀이 각 조 1위와 경기를 하는 방식이었는데, 유성고는 첫 경기에서 패하며 탈락했다. 1위로 진출한 은하공고는 유성고를 이기고 올라온 팀을 만나 승리를 거두고 결승에 올라 결국 우승을 차지했다. 김민수는 유성고가 왕중왕전 첫 경기에서 연장까지 가는 접전을 펼치며 싸워 준 덕에 이영호의 은하공고가 손쉬운 승리를 거두었다고 농담했다. 결국 돕고 돕는 세상이라고, 김민수와 이영호는 즐거웠다.

전반기 리그도 중반을 향해 가고 있었다. 김민수의 유성고는 4승 2무 1패의 성적으로 3위를 기록하며 선전 중이었다. 2위와의 승점 차는 단 1점이었고, 1위인 은하공고와의 승점 차는 4점이었다. 김민수는 6연승을 달리다가 8위 팀에 2대 0으로 패한 은하공고를 이해할 수 없었다. 득점 순위 1위인 스트라이커와 선방 순위 1위인 골키퍼를 빼고 경기에 나서더니, 결국 경기가 종료되고 패할 때까지 그 두 선수를 투입하지 않는 것이 이상했다. 두 사람은 8라운드 경기를 앞둔 금요일 밤 오랜만에 만났다.

"야, 너 지난 경기는 좀 이상하더라?"

"이상하다니. 뭐가?"

"골키퍼 왜 뺐냐. 잘하던데. 걔 지난번에 그 골키퍼 맞지?"

"야, 지금 그게 문제가 아니다."

이영호에게는 석지훈이 작년 챌린지 리그의 마지막 경기에 대해서 알고 있다는 사실이 큰 충격이었다. 지난 경기 후로 석지훈과 관계를 끊어야겠다고 생각하고 있었는데, 이제 꼼짝도 못하는 신세가 되어 버렸다. 그날 경기에 대해서 알고 있는 사람은 이영호와 김민수, 그리고 골키퍼 안영배 셋뿐이었다. 도대체 어떻게 석지훈이 알게 된 것인지, 이영호는 술병으로 고생한 이틀 내내 고민했다.

"너 그날, 작년 그 경기, 누구한테 이야기한 적 있냐?"

"야, 미쳤냐. 그걸 누구한테 이야기해? 왜? 혹시 누가 알고 있디?"

"아니다. 됐다."

"뭐야, 이야기해 봐."

이영호는 김민수라면 괜찮겠다 싶어 그동안 있었던 석지훈과의 일을 모두 털어놓았다. 모든 사건의 발단이 그 경기라면, 김민수도 이 상황에 대해 어느 정도의 책임은 있다고 생각했다. 김민수도 난감했다. 석지훈이 찾은 사람이 이영호가 아니라 자신이었다면 어땠을까 생각하니 소름이 돋았다. 처음부터 이상하게 생각했어야 했는데, 석지훈이 제시한 돈에 욕심이 났다고, 불법 도박 사이트가 많다는 이야기는 들었지만 이렇게 자연스럽게 접근해 올 줄은 몰랐다고, 이영호는 한탄했다.

"방법이 없을까?"

이영호가 초조해하며 물었다.

"내 생각엔 없네. 둘 다 걸려 들어가서 쪽박 차는 시나리오밖엔 없어. 작년 그 경기가 들통 나면 나도 들어가겠지. 나는 돈거래는 없었다고 쳐도 더 이상 코치직을 못 하는 건 명백하고."

"이 상태에선 누가 더 손해인 거냐?"

"손해?"

김민수는 잠시 생각에 잠겼다. 상당히 위험하고 불안한 상황인 것은 사실이지만, 발각되지만 않는다면 손해될 것은 없었다. 아니, 손해가 되지 않으려면 발각되지 말아야 했다. 김민수가 실실 웃었다.

"걸리지만 않으면 손해날 게 있나? 걸리면 둘 다 끝이고, 안 걸리면 윈윈인데?"

"젠장, 걸려도 그 개자식은 어디 밭에다가 돈은 다 파묻어 놓고 들어갈 놈이야. 불법 사이트 개설하고 승부 조작한 혐의로 한 몇 년 살다 나와서는 또 떵떵거리며 살겠지."

"넌 승부를 조작하고 그 대가로 돈을 받아 챙긴 혐의로, 직장도 잃고 벌금도 물고 이 세계에선 영원히 추방. 생각해 보니 네가 더 손핸데 이거. 걸리면 끝장이야. 조용히 입맛 좀 맞춰 주고 손 떼라. 그 자식도 올해만 하고 끝낸다고 했다며?"

"아니야. 그렇게 비굴하게 끌려다닐 수는 없지. 그리고 올해가 마지막이라고 누가 장담해? 이왕 그 악마 같은 자식 손아귀에서 놀아야 된다면, 우리도 한탕 크게 하는 건 어때?"

"크게 한탕 하자니?"

"우리가 그 자식 뒤통수를 쳐 버리는 거지."

이영호는 무엇보다 석지훈의 요구에 따라야 하는 상황이 싫었다. 어차피 벌일 판이고 어떻게 해도 그를 이길 수 없다면, 최대한 이득을 노려야겠다고, 이영호는 생각했다. 이영호의 계획은 어차피 조작하는 경기라면 베팅이 몰리는 인기 점수대를 피해 직접 베팅하고 그 점수에 경기를 맞춰 두 배로 돈을 버는 것이었다. 이영호는 자신이 생각해 낸 묘수가 석지훈과의 승부를 끝장낼 결정적 한 방이라고 믿었다. 냉정히 따져 보면 엄연히 경기에 직접적인 권력을 가진 사람은 석지훈이 아니라 자신이었다. 위기는 곧 기회라고, 누가 말했던가. 이영호는 이미 이 판의 승자가 된 기분이었다.

"뒤통수를 쳐?"

"너랑 나랑 붙는 경기가 몇 라운드냐? 12라운드 맞지?"

"맞아, 한 달 정도 남았나?"

김민수는 사실 이야기가 진행되고 생각이 더해 갈수록 이 상황이 나쁘지만은 않다고 느꼈다. 발각되지만 않는다면, 제대로 물주를 잡은 것이나 다름없었다. 리그 전체 성적에 큰 영향만 주지 않는다면 한두 경기 손봐서 큰돈을 만질 수도 있는 절호의 찬스였다. 다만 감독에게 거의 전권을 부여받고 있는 이영호와 달리, 선수 관리 권한만 가진 자신의 상황이 문제라면 문제였다.

"그 자식 아마 분명히 그 경기에 손대려고 할 거야. 거기 우리가 먼저 손을 써 놓는 거지. 너 대포 통장 하나 만들 수 있냐?"

이영호는 석지훈이 지난 리그 마지막 경기에 대해 알고 있는 이상 다가올 두 팀의 대결에 수를 쓸 것이 명백하다고 확신했다. 이영호가 그 경기의 예상을 은하공고의 승리 혹은 무승부로 분석하고 지난 시즌 경기 결과를 참고로 올려놓는다면 대부분의 회원들은 비슷하게 베팅할 것이다. 그때 4대 1 혹은 5대 2같이 일반적이지 않은 점수에 직접 베팅하고 경기 결과를 그 점수에 맞춘다면 석지훈도 따고 이영호도 딸 수 있었다. 아니, 정확히 말하면 이영호는 따고 석지훈은 이영호가 딴 만큼 잃는 것이었다. 그는 이 사실이 너무나 기뻤다. 건방진 자식, 날 가지고 놀았겠다. 이영호는 칼을 갈았다.

이영호는 석지훈의 사이트에서 운영되는 도박의 방식에 대해 김민수에게 설명했다. 그리고 대포 통장과 가짜 아이디를 만들어 석지훈의 사이트에 가입한 다음 은하공고와 유성고의 12라운드 경기의 스코어식에 베팅하라고 지시했다. 직접 나서지 않은 것은 나중에 혹시 발각될 경우를 대비해 흔적을 만들지 않기 위해서였다. 발각되더라도 이영호는 김민수의 이름은 불지 않기로 약속했다. 성공하면 김민수에게 20퍼센트를 떼어 주겠다는 약속도 했다.

"12라운드에 사활을 걸겠다 이건데, 이게 될까? 연습 한번 해 봐야 하는 거 아냐?"

"선수 몇 명 바꾼다고 될 일이 아니지. 그러니까 네가 필요한 거야."

"돌다리 두드리는 셈 치고 연습 한번 해보자. 10라운드 경기 어때?"

이영호는 안영배를 떠올렸다. 제대로 한 건 하려면 은하공고가 지더라도 큰 점수 차로 져야 했다. 실점에 중요한 키는 상대방의 공격이 아니라 안영배의 수비였다. 따라서 어떤 스코어에 베팅할지 결정하려면 안영배의 협조 여부가 관건이었다. 김민수의 말대로 우선 10라운드에 선수 교체만으로 스코어 조작이 가능한지 시험해 보고, 안 된다면 후반전에 안영배를 투입해 안영배가 자신의 말을 들을지 지켜보는 수밖에 없었다.

7

중간고사에서 2학년 6반의 영어 시험 평균은 78.5점이었다. 김현수는 예상보다 높은 점수에 깜짝 놀랐다. 교감 선생님의 주의를 듣고 난 뒤 시험 난이도를 조금 올려 문제를 출제했는데, 아이들이 눈에 불을 켜고 공부한 모양이었다. 그러나 영어를 제외한 많은 과목에서 반 평균은 꼴찌에 가까웠다. 김현수는 명치끝이 저렸다. 오로지 영어만 공부했을 텐데 80점을 못 넘겼으니 결국은 아이들이 진 것이다. 김현수는 성적 통계를 뽑아 보며 어떻게 하면 좋을지 몰라 한숨을 쉬었다. 아이들에게 삼겹살을 먹일 다른 방법을 연구해야 했다.

"이번 중간고사의 영어 시험 반 평균이 나왔다. 선생님은 너희들이 삼겹살에 이렇게 미칠 줄은 정말 몰랐구나. 너희가 이렇게, 하면 되는 예쁜 아이들이라는 걸 스스로 발견했으리라 믿는다. 그러나 아쉽게도, 평균은 78.5점이다."

78.5라는 숫자를 들은 아이들은 소리를 지르고 책상을 두드리며 난리 법석이었다.

"그래서, 선생님이 이번 내기의 승자 자격으로 제안을 하나 하겠다."

순간 교실이 조용해졌다.

"우리 반에 축구부에서 운동하는 학생이 세 명 있다는 사실은 모두 알겠지만, 그 아이들이 누군지는 잘 모를 거다. 우리 반 축구부가 모두 선발로 출전하는 날 여러분 모두가 그 경기를 관람해 주기로 약속한다면, 삼겹살 파티는 바로 그날이다. 어때?"

사실 세 명이 모두 선발로 출전하지 않아도 아이들이 모여서 반 친구들을 응원하겠다고 한다면 삼겹살쯤이야 얼마든지 제공해 줄 마음이 있었다. 이건 점수에 건 보상이 아니니 교감 선생님으로부터 제재를 받을 이유도 없다고 생각했다.

김현수가 대략 두 달 동안 지켜본 결과, 홈경기가 몇 번 정도 있었지만 축구 경기를 보러 오는 학생은 스무 명도 되지 않았다.

경기장에 있던 학생들도 자기네들끼리 축구를 하러 왔다가 경기가 열리는 것을 보고 엉겁결에 보았거나 학교에서 주말에도 공부하는 대학 진학반 3학년 학생들인 경우가 대부분이었다.

"그래서 선생님이 일정을 좀 보고 왔다. 축구부 아이들 일정상 12라운드가 우리 학교와 유성고의 홈경기라는데, 어때? 아직 날짜는 많이 남았으니 미리들 시간 비워 두고 응원 도구도 좀 준비하고 그래라."

김현수는 이런 독특한 생각을 해낸 자신이 뿌듯했다. 김현수도 좋고 축구부도 좋고 반 아이들도 모두 기분 좋은 일이었다. 삼겹살 가격이 조금 부담스러웠지만 김현수는 애써 돈 생각은 하지 않기로 했다. 잘만 하면 요즘 단골이 된 삼겹살집에서 좀 싸게 살 수 있을지도 모르니까. 아님 조금씩 돈을 걷을까? 아이들한테 돈을 내라고 할 수는 없지. 그럼 마실 음료는 각자 준비하는 걸로? 밑반찬은 별로 필요 없겠지? 주문할 때 쌈이랑 겉절이 정도는 좀 달라고 해 봐야겠다. 돈 달라면 주지 뭐. 많이 비쌀까? 고민이 넘쳐 났는데 김현수의 기분은 좋았다.

안영배는 8, 9라운드에 선발 출전했다. 8라운드 원정 경기에서 한 골을 실점했지만 팀은 두 골을 넣고 승리했다. 9라운드 경기는 안영배가 무실점으로 선방하면서 0대 0 무승부로 끝이 났다.

이영호는 계속되는 안영배의 선방 쇼에 기분이 좋았지만 다가올 결전의 12라운드를 생각하면 속이 쓰렸다. 기복을 보이던 골키퍼가 대량 실점을 한다면 모두 이해할 수 있겠지만 안정적으로 골문을 방어하던 골키퍼가 한 경기에 4점 이상 실점하는 상황은 성가신 의심을 살지도 모를 일이었다. 그러나 축구라는 게 원래 그런 거라고 우기면 그만이었다.

안영배는 최근의 성적에 기분이 좋았다. 이제 주전 자리는 문제가 아니었고 얼마나 좋은 성적을 내는지가 중요했다. 이런 분위기라면 프로 팀은 물론이고 어쩌면 청소년 국가 대표 팀에서 연락이 올지 모를 일이었다. 아무리 열심히 하더라도 청소년 시절 대표 팀에 이름 한 번 못 올린다면 골키퍼로 성공하기는 어려웠다. 결국 축구도 승자만이 살아남는 스포츠다. 불확실한 미래를 생각하면 할수록 마음을 독하게 먹는 방법밖에는 없었다.

석지훈은 이영호에게 전화를 걸어 10라운드 스코어식 게임을 준비한다는 사실을 알렸다. 김민수는 이영호가 석지훈에게 받은 돈으로 오십만 원을 베팅했다. 베팅한 스코어는 2대 3으로 은하공고가 패배하는 시나리오였다. 총 9라운드 중 7승 1무 1패의 성적으로 여전히 1위 자리를 지키고 있는 은하공고가 현재 6위의 금성고에게 2대 3으로 역전패하는 시나리오를 예상하는 회원은 없을 듯했다. 김민수와 이영호는 전반전 스코어 2대 0, 후반전 스코어 0대 3, 최종 스코어 2대 3으로 은하공고의 역전패를 예상해 베팅했다. 석지훈은 스코어식의 베팅이 마감되는 경기 시작 오 분 전에 문자메시지를 통해 피해야 하는 점수를 통보해 올 것이다.

고교 리그를 대상으로 하는 종목의 판매는 꾸준히 증가했다. 다른 사이트에는 없는 새로운 종목을 원하던 사람들이 그만큼 많다는 의미였다. 석지훈은 간단한 프로그램만으로 가만히 앉아서 돈을 벌어들이는 자신의 천재성이 정말 마음에 들었다. 이영호에게는 15퍼센트의 수수료를 약속했지만 이영호는 석지훈이 버는 돈이 얼마인지 알지 못했다. 석지훈은 주고 싶은 만큼만 주면서 이영호를 잘 요리할 생각이었다. 방심은 금물이었다. 알량한 양심을 발휘해 자진 납세라도 하는 날에는 불법 도박 사이트는 물론이고 신고하지 않은 재산과 탈세 혐의까지 걸려들어 적어도 십 년은 들어갔다 와야 할 것이다. 불상사를 막으려면 애초에 입막음을 잘해 둘 필요가 있었다. 입막음에 돈만큼 좋은 것도 없었다. 이영호가 이번에도 잘 협조한다면 보너스를 포함해 이백만 원 이상 던져 줘야겠다고 생각했다.

8

2학년 6반 김경식은 수비형 미드필더다. 김경식은 보통 네 명이나 세 명이 이루는 수비 라인 앞에서 상대 공격형 미드필더의 패스 줄기를 차단하며 수비수들을 보호하는 역할을 했다. 수비

시에 가장 먼저 상대 패스를 가로막고 공격 시에는 가장 먼저 팀의 공격 루트를 모색했다. 넓게 보고 간결하게 패스하며, 절대로 공을 뺏겨서는 안 된다고 김경식은 배웠지만, 안다고 다 되는 것은 아니었다. 2학년임에도 선발로 출전하지 못했고 교체로 세 경기에 출전했다.

김경식은 축구 선수로서 자신이 성공할 수 있을지 별로 고민하지 않았다. 축구 선수로 이 포지션에서 성공하기는 어렵다는 사실을 진작 알고 있었다. 그렇지만 그만두고 학업으로 돌아갈 수 없다는 사실도 잘 알았다. 고민 따위는 주전으로 뛰는 학생들이나 하는 배부른 일이었다. 김경식은 열심히 해도 불가능하다는 사실을 스스로 받아들였다. 기를 쓰고 들이대 봐야 남는 건 상처뿐이었다. 더 이상 멀리 있는 것을 좇을 것이 아니라, 당장 고등학교를 졸업하고 살길을 찾아야 했다. 어른들은 열심히 노력해서 성공할 수 있다고 가르쳤지만 김경식은 그럴 수 없다는 사실을 배웠다. 코치들의 말투에서, 경기에 출전하지 못하면서, 다른 선수들과 비교당하면서 스스로 깨달았다.

중학교 시절 코치와 감독은 김경식을 주로 대회나 리그 경기가 아닌 친선경기에 출전시켰다. 김경식은 이기기 위한 경기보다는 지지 않는 경기를 위해 뛰었다. 코치는 골키퍼도 아닌 미드필더 김경식에게 야, 먹지 마. 먹으면 죽을 줄 알아, 라고 말했다. 전반전에는 득점하지 말고 실점만 막으라는 주문도 있었다.

그런 날 김경식은 전방으로 패스하지 않고 수비수들과 패스를 돌리며 경기장을 빙빙 돌았다. 갑자기 후반전부터 경기가 공격 모드로 진행되면 김경식은 빠져서 벤치를 지켰다. 김경식은 처음에는 선 수비 후 공격의 작전으로 알았지만 나중에는 단지 그것뿐만은 아니라는 것을 알았다.

중학교 시절 김경식이 뛴 경기는 내기 경기였다. 감독이 상대 팀 감독과 전반전에 골을 넣느냐 못 넣느냐를 두고 내기가 붙으면 김경식은 출전했다. 내기 경기는 대회가 없는 주말에 친선경기 형식으로 열렸다. 무실점에 돈이 걸린 날, 전반에 실점하고 하프타임에 감독에게 볼기짝을 얻어맞으며 깨달았다. 얻어맞은 날은 감독이 돈을 잃은 날이었다. 얻어맞지 않은 날 감독은 선수들을 이끌고 고기 회식을 하거나 합숙소에 간식거리를 던져주기도 했다. 김경식이 배운 축구의 목적은 감독의 기대에 부응하는 것, 그뿐이었다.

내기하는 감독들의 게임 말이 되는 것이 싫어서 김경식은 게임을 했다. 처음에는 온라인 축구 게임을 하며 골을 넣는 게 좋았지만, 게임 속 캐릭터들이 자신과 다를 것이 뭐냐, 는 생각에 그만뒀다. 게임 속에서 감독이 된다고 나아진 것은 없었다. 그무렵, 김경식은 온라인 스포츠 도박 사이트가 있다는 사실을 알았다. 김경식은 감독이 내기로 얼마를 땄는지 모르지만, 자신이 뛰었으니 감독이 아니라 자신이 돈을 따야겠다고 생각했다.

10라운드를 앞둔 이영호는 골키퍼 선발을 놓고 고민에 빠졌다. 12라운드의 성공을 위해서는 두드려 확인해야 할 부분이 많았다. 석지훈의 요구도 충족시키면서 베팅한 스코어대로 게임을 만들어 내는 묘한 작전이 필요했다. 작전의 한복판에는 골키퍼 안영배가 놓여 있었다. 그러나 안영배가 순순히 따라와 준다는 보장이 없었다. 본게임인 12라운드에 힘을 주려면 안영배를 아껴야겠다는 생각도 들었다. 안영배를 아끼려면 다른 카드가 있어야 하는데, 뾰족한 수가 있는 것도 아니었다. 1학년 골키퍼는 불안했다. 결국은 선수들을 불러 모아 직접 쳐다보며 게임에 쓸 패를 예상해 보고, 느낌이 오는 쪽을 선택하기로 했다. 이영호는 긴장했다. 불안 속에서 끊임없이 머리를 굴렸다.

10라운드 경기를 앞둔 은하공업고등학교 선수들이 합숙소에서 이영호의 작전 지시를 받기 위해 모였다.

"팀 성적이 좋다. 개막 이후로 한 번도 조 1위를 놓치지 않고 달리는 것도 흔히 있는 일은 아닌데, 그럴수록 바짝 긴장하고 자만하지 않도록. 지금 우리 팀에 확실한 주전은 없다. 자만하고 게을리 연습하거나 지시에 따르지 않는 선수는 포지션, 학년 관계없이 퇴출시킬 거니까 끝까지 긴장하도록 해. 축구는 열한 명이 뛴다. 혼자 잘한다고 되는 게 아니야. 전체를 이끄는 감독님과 코치의 말을 믿고 따라야 이길 수 있다. 다음 10라운드 홈경기에서 지켜보겠다."

어린 선수들을 다스리는 데 가장 좋은 표현은 자만이라는 말이다. 아직 어린 선수들은 자신의 능력에 대한 확신이 없었고, 스스로 해낸 성과에 대해 지나치게 의미를 부여할 때가 많았다. 주전 선수를 선발하고, 선수를 교체하면서 기회를 주는 일은 단순하면서도 현실적인 지도 방법이었고 이번에는 다음 경기 조작을 위한 방법으로도 적당했다. 그동안 선발로 뛰지 못했던 선수들 중 적당히 느낌이 괜찮은 선수를 뽑아 선발로 세우고, 누군가 일으키는 변수를 도박에 유리한 쪽으로 이끌 수도 있었다. 선수들 간의 긴장감도 형성하고, 석지훈에게 복수할 기회도 마련하면서 돈까지 딸 수 있는, 완벽한 계획이었다.

합숙소 분위기는 즐거웠다. 코치는 분위기에 찬물을 끼얹으며 훈계했지만 선수들은 리그 선두를 달리는 팀의 성적에 만족했고, 득점 선두의 조용화와 최소 실점을 기록 중인 안영배를 중심으로 파이팅이 넘쳐 났다.

휴식 시간을 이용해 진행된 피파온라인 리그에서 조용화가 또 우승을 차지했다. 여덟 명이 오천 원씩 걸고 토너먼트로 진행했는데 조용화를 이길 수 있는 상대는 없었다. 게임인데도 실제 경기와 마찬가지로 골 넣는 재주는 조용화가 단연 돋보였다. 조용화는 삼만 오천 원을 따서 이만 원어치 과자 파티를 벌였다. 나머지 만 오천 원은 신상 축구화가 나오면 재빨리 사서 가장 먼저 신는 선수가 되기 위해 아껴 두었다.

조용화의 시합용 축구화는 두 달을 못 가고 바뀌었는데, 연습용과 시합용이 따로 있으니 낡아서 바꾸는 것은 결코 아니었다. 많은 선수들이 축구화로 자신의 개성을 뽐냈지만 조용화는 그 중에서도 신상 축구화에 집착이 심한 편이었다. 새로 나온 축구화 중에서도 가장 화려하고 밝은 색의 축구화를 샀다. 시합에서 유니폼은 모두 같지만 축구화는 아니다. 조용화는 스트라이커가 돋보이지 않으면 생명이 없다고 생각했다. 승자만 기억되는 이 세계에서 골을 넣지 못한다면 무언가 기억에 남는 특징이라도 있어야 한다는 생각이었다.

조용화는 승자 독식이라는 단어를 증오했다. 조용화의 아버지는 우리나라가 극적으로 본선 진출에 성공했던 미국 월드컵에서 최종 명단에 이름을 올리기는 했지만 단 한 번도 경기에 나서지 못했다. 조용화의 아버지도 스트라이커였다. 하지만 모든 이목은 오로지 한 명의 스트라이커에게 집중되었다. 조용화의 아버지는 국가 대표였지만 패자였고, 승자에 밀려 아무런 주목도 받지 못한 채 조용히 축구계를 떠났다. 올림픽에서 금메달을 따는 선수는 한순간 영웅이 되지만, 메달 획득에 실패한 선수는 밥벌이가 곤궁한 형편이 되는 것을 보며 조용화는 매번 아버지를 떠올렸다. 조용화는 승자만이 살아남는 이 사회가 끔찍이도 싫었다. 함께 흘린 땀이 값지고 최선을 다한 선수가 아름답다는 허울 좋은 말들도 가증스러웠다. 조용화는 승자가 독식해 버리는 이 사회의 이치를 태어날 때부터 들어 온 아버지의 말 속에서 배웠고, 직접 스트라이커로 뛰며 배웠고, 사 년에 한 번 국제 대회가 끝날 때마다 되새겼다. 스트라이커는 돋보여야 했고, 골을 넣어야 했고, 승자여야만 했다.

안영배는 휴식 시간에 늘 축구 잡지를 읽었다. 골키퍼 포지션에서 뛰고 있는 선수가 전 세계에 얼마나 많은지 보고, 다른 선수들이 어떤 생각을 갖고 있는지, 어떻게 빅 리그에서 뛸 수 있었는지 인터뷰한 기사를 놓치지 않았다. 확실히 어릴 때부터 축구 클럽을 경험한 선수들의 재능이 뛰어났다. 이 선수들은 너무 어릴 때부터 축구만 한 것이 아닌가 하는 생각이 들었지만 따지고 보면 자신도 어릴 때부터 축구 외에 한 것이 없었다. 환경이 이만큼 중요하구나, 하는 생각에 그들이 부러웠지만 그렇다고 달라질 것은 없었다. 골키퍼가 누군가의 눈에 띄기 위해 할 수 있는 일은 골문 앞에서 공을 잘 막아 내는 것뿐이었다. 그 외에 뭘 더 할 수 있는지 안영배는 짐작이 가지 않았다. 축구 선수가 출세하기 위해서는 열심히 운동하는 방법 외에는 없다고 여겼지만 가끔 지난 정규 리그 마지막 경기에서 코치가 했던 말이 떠오르기도 했다. 부끄러운 짓이었지만 코치가 시키는 대로 했으니 정말 그의 말대로 대학이든 프로 팀이든 걱정하지 않아도 되는 것인지, 안영배는 불안했다. 팀을 스스로 선택할 수 없고, 구단이나 대학의 지목과 허가가 있어야 생명이 유지되는 자신과 동료들을 생각하며 안영배는 쓸쓸했다.

김경식은 합숙소에서 혼자일 때가 많았다. 김경식은 축구 선수로 성공하리란 꿈을 포기했는데, 자신이 이미 포기한 꿈에 여전히 젖은 친구들과 어울리기 힘든 것은 당연했다. 혼자 컴퓨터 앞에 앉아, 김경식은 온라인 도박을 즐겼다. 처음 오만 원으로 시작한 적립금이 이미 이백만 원을 넘어서 있었다. 유럽의 거의 모든 리그는 5월이면 시즌이 마무리되고 우승 팀이 정해진다. 김경식은 우승 팀과 강등 팀을 리그 초반부터 미리 예측해 베팅하고 수익을 올렸다. 초반에 예측한 베팅일수록 배당이 높아졌다. 그중 운 좋게도 잉글랜드와 스페인의 우승 팀을 적중시켰다. 잉글랜드 리그의 요즘 추세는 절대 강자가 없고 5강 내지 6강의 혼전 양상이었다. 김경식이 잉글랜드 리그에서 우승으로 예측한 팀은 지난 사십 년 동안 우승이 단 한 차례도 없었다. 전통의 강호나 명문이라고 할 수는 없지만 최근 중동의 석유 부자가 엄청난 투자를 퍼부어 이번 시즌 선수층이 화려했다. 명문 구단에 있던 선수들은 거액의 이적료를 기록하며 팀을 옮겨 왔고, 다른 팀 선수들이 경기도 해 보기 전에 패배감에 젖기에 충분할 만큼 높은 주급을 받으면서 뛰었다. 투자가 성적을 불러내는 경기가 축구였다. 판돈이 크면 미친 듯이 뛰어야 했던 중학교 시절의 경험이 그것을 알려 주었다. 전반전에 실점하고 코치에게 두들겨 맞으며 눈을 뜬 도박의 세계는 언제나 큰돈의 움직임에 따라 결정되는 곳이었다.

도박을 하는 사람들은 주로 자기가 응원하는 팀에 베팅했는데, 김경식은 그런 인간들을 머저리로 여겼다. 사십 년간 우승이 없었던, 일각에서는 이변이라 말하는 이 팀의 우승으로 김경식은 많은 배당금을 챙겼다. 예측이 가장 많고 베팅 금액도 컸던 팀이 우승을 차지하지 못하면 베팅 금액이 모두 배당금으로 돌아가게 되어 있는 시스템 덕에 김경식은 상당히 큰 소득을 올렸다. 김경식은 이게 바로 진짜 세계, 라며 즐거워했지만 그런 사실을 소문내고 다니지는 않았다. 합숙소에서 늘 혼자서 뭔가 연구하며 컴퓨터 앞을 떠나지 않는 김경식이 무엇을 하고 노는지 신경 쓰는 동료도 없었다. 김경식은 늘 혼자였다. 혼자일수록 빠져들었다.

고민을 거듭하던 이영호가 김민수에게 전화했다.
"야, 베팅 스코어 바꿔."
"뭐? 어떻게?"
"전반에 3대 0, 후반에 0대 2, 최종 스코어 3대 2."
"지금 이기겠다는 거야? 무슨 조작이 이기는 조작도 있냐."
"시끄럽고, 그렇게 해. 나중에 이야기하자."

이영호는 석지훈과 안영배를 번갈아 떠올리며 수없이 고민했지만 12라운드의 연습으로 조작하는 10라운드에서 모험을 할 수는 없다고 결론지었다. 안영배에게 3점을 실점해 경기에 패배하라고 지시하는 것보다, 3점 차로 이기다가 2점을 주고 경기에 긴장감을 더하라는 지시가 더 그럴듯할 거라고 생각했다. 안영배의 죄책감을 줄이면 스코어 조작에 성공할 가능성도 더 클 것이다.

석지훈의 주문은 베팅이 몰리는 스코어를 피하라는 것이었기에 무리해 가며 일부러 패배할 이유는 없었다. 베팅이 집중된 스코어를 피하면서, 이길 수 있다면 이기면 된다. 다만 여간해서는 나오지 않는 점수대를 만들어 내야 했다. 전반에 3점 차로 앞서다가 후반에 2점을 실점하고 추격을 당하는 것이 흔한 상황은 아니었다. 어차피 경기 직전까지 석지훈의 지시를 기다려야 한다면, 이영호는 이기는 방향으로 베팅하고 기다리는 것도 나쁘지 않다고 판단했다. 그 정도 배짱은 부리고 싶었다.

9

김현수는 학교 축구부의 성적이 좋고, 거기에 골키퍼 안영배와 스트라이커 조용화의 기여도가 높다는 이야기를 주변 선생님들에게 우연히 전해 듣고 기분이 좋았다. 몇 주 뒤에 반 아이들을 데리고 용화, 경식, 영배를 응원할 생각에 한껏 들떴다. 김현수는 아이들의 응원 속에 용화가 골을 넣고 영배가 멋진 다이빙으로 골을 막아 내는 모습을 상상하며 기대에 부풀었다. 축구 선수가 되고 싶었던 어린 시절의 꿈을 이루지는 못했지만 어설프게나마 선생님이 되어 운 좋게도 축구부 아이들을 만나고 그 아이들이 활약하는 모습을 보는 것도 나쁘지 않다고 생각했다. 초등학교 시절 짧은 축구부 생활은 힘들었지만 희망찼고, 그래서 견딜 만했다고 김현수는 기억했다. 코치나 감독의 지시와 학년의 위계 때문에 평소 생활은 힘들었지만 똑같은 유니폼을 입고 운동장에서 뛰는 그 순간만큼은 자유로웠다.

정정당당했잖아. 최선을 다해 뛰었잖아. 멋있었잖아.

김현수는 어린 시절을 떠올리며 지금 축구를 하는 아이들도 그러기를 바랐다.

반 아이들과 삼겹살을 먹을 날이 가까워 오고 있었는데, 한 번도 축구부 아이들의 경기를 본 적이 없다는 생각에 김현수는 토요일 오후에 학교를 찾았다. 10라운드 금성고와의 경기가 열리는 날이었다. 초여름 오후의 태양은 거구의 김현수가 견디기 힘들 정도로 뜨거웠다. 마음에 쏙 드는 삼겹살집을 발견한 후로, 저녁 식사를 거의 삼겹살로 해결해 온 날들을 후회해 봐야 소용없었다. 먹을 땐 먹고, 운동할 땐 운동하자는 게 김현수의 신조였지만 먹을 때만 존재하고 운동할 때는 존재하지 않는다는 것이 문제였다.

서 있는 일조차 버거운 김현수와 달리 축구부 아이들은 운동장 전체를 뛰어다니며 몸풀기에 여념이 없었다. 이 뜨거운 날에 아래위 모두 검정색 긴 유니폼을 입은 안영배를 보니 김현수는 숨이 턱턱 막히는 기분이었다. 다행히 해가 안영배의 등 뒤에 있어서 시야는 괜찮아 보였다. 김현수는 눈을 크게 뜨고 조용화와 김경식을 찾았다. 김경식과 대화를 나눠 본 적이 없는 김현수는 난감했다. 유니폼 등에는 번호만 적혀 있고 이름은 없었다.

김현수는 그늘도 찾기 힘든 운동장에서 반 아이들과 고기를 구울 생각을 하니 아찔했다. 그늘이라고는 운동장의 중앙에 자리한 단상이 유일했는데, 거기서 서른 명이 넘는 아이들을 데리고 고기 파티를 열어도 될지 김현수는 확신이 안 섰다. 단상에는 대한축구협회에서 파견된 경기 감독관이 책상을 펴고 자리잡고 있었다. 자리는 세 개였지만 사람은 한 명뿐이었다. 단상이 감독관의 자리라면 그날도 마찬가지일 텐데, 김현수는 그날 자신이 우리 반 아이들이 고기 파티를 하니 좀 양해해 주십시오, 라고 할 수 있을지 자신이 없었다. 운동장에 선수들의 라커룸은 따로 없었고 천막을 한 동씩 설치해서 그 밑에 의자를 두고 선수 대기석으로 사용하고 있었다. 감독과 코치는 따로 마련된 좌석에 앉아 경기를 관전했다. 어딜 봐도 고기를 구울 만한 장소는 단상 위밖에 없었다. 김현수는 도저히 햇볕을 견딜 수 없어 감독관 뒤쪽 그늘에 슬그머니 앉았다. 단상이 운동장보다는 꽤 높아서 그런대로 경기를 보기에 괜찮았다. 고기를 먹기에도 참 괜찮을 텐데. 김현수는 슬슬 감독관의 눈치를 보기 시작했다.

10라운드 경기에서 확신을 얻지 못하면 목표로 정해 둔 12라운드도 불안하다고 이영호는 생각했지만, 구체적으로 어떻게 해야 할지 좀처럼 묘안이 떠오르지 않았다. 이기는 스코어로 베팅을 바꾼 것이 조금은 후회되기도 했다. 안영배 한 명을 구워삶아 세 골을 주고 패배하는 상황은 부담이 크고 위험하지만 안영배가 수락하기만 한다면 불가능한 작전도 아니었다. 그러나 전반에 세 골을 무조건 득점하는 상황은 누구를 윽박지르고 협박한다고 해서 될 일이 아니었다. 상대가 김민수의 유성고도 아니고 작년 마지막 경기에서 아쉽게 왕중왕전에 탈락해 복수의 칼을 갈고 있는 금성고였다. 이영호는 이렇게 불안한 스코어에 적중했을 때 자신의 배당도 클 것이라고 생각하며 어수선한 마음을 달랬다. 일단 전반전에 전력을 쏟은 뒤에 후반전에서 실점의 변수를 마련하면 불가능한 것도 아니었다. 이영호는 이 묘한 긴장감이 싫지만은 않았다.

석지훈은 경기 시작 오 분 전에 맞춰 고교 리그 스코어식 게임의 베팅을 마감하고 베팅이 몰린 점수대를 이영호에게 통보했다. 석지훈은 1대 0, 2대 0, 3대 0, 1대 1, 2대 1, 3대 1, 2대 2, 1대 2를 피하라고 일렀다. 문자메시지로 석지훈의 지시를 본 이영호는 어이가 없었다. 도대체 이 점수대를 다 피하고 어떻게 경기를 하라는 소린지 이가 갈렸다. 다행인 것은 석지훈이 피하라고 지시한 스코어가 대부분 홈팀 은하공고의 승리이긴 했지만 이영호가 베팅한 스코어는 아니라는 점이었다. 이영호는 이 경기의 운명이 온전히 자신의 것임을 직감했다.

"오늘 경기 포메이션은 4-1-4-1이다. 포백 수비 앞에 김경식이 선다. 원톱에 조용화다. 전반에 최대한 득점해라. 패스 줄기를 용화에게 집중시켜서 간결하게 공격해라. 전반에 세 골 이상 득점하면 후반에 여유 있게 경기를 가져갈 수 있다. 수비에 김경식이 핵심이다. 경식이는 필사적으로 역습을 막아라. 전반에 실점하지 마라. 공격할 때 멀리 봐라. 용화는 오프사이드 조심하고 수비 뒤 공간을 노려라. 경식이는 공간을 보고 용화와 발을 맞춰라. 전반에 실점하지 말고 세 골 넣는다."

이영호는 선수들에게 포메이션과 공격과 수비의 밸런스에 대해 지시했다. 선발 선수 명단을 발표한 뒤였다. 전체 작전시간 후에는 김경식과 조용화를 따로 불러 한 번 더 설명했다. 김경식은 이번 시즌 첫 선발 출전이었다. 이영호는 김경식을 선발로 넣으며 수비에 중점을 두고 절대 전반에 실점하지 말 것을 당부했다. 전반에 공격에 치중하려면 가운데에서 무게중심을 잡을 선수가 필요했다. 이영호는 아직 한 번도 선발로 내보내지 않았던 김경식이 무게감을 견뎌 낼지 불안했지만, 어쩌면 그 불안이 후반의 실점에 결정적으로 기여할지도 모른다고 생각했다. 조용화에게는 전반에 세 골 이상 몰아 넣고 도망가자고 말했다. 찬스에서 머뭇거리지 말고 슈팅을 날리라고 지시했다. 조용화는 당연한 소리, 라고 생각했지만 코치가 자신을 따로 불러 이런 지시를 내린 적은 없어서 긴장했다. 구체적으로 세 골을 넣으라는 지시가 좀 의아했지만 가시적인 목표가 생겨서 오히려 목적이 명확해진 기분이었다.

김경식은 선발로 출전하자 불안했다. '전반에 절대로 실점하지 말라'는 지시는 중학교 시절 코치들의 내기 경기에서 자주 듣던 말이었다. 자신을 경기에 내보내면서 조용화에게는 세 골 이상 몰아 넣고 도망가자니. 도대체 실점은 하지 말고 골은 세 골이나 넣으라는 게 무슨 소리인지 헷갈렸다. 그냥 열심히 공격하는 작전이면 수비에 약간 무게를 줄이더라도 수비형 미드필더보다는 스트라이커를 한 명 더 배치해야 한다. 김경식은 본능적으로 뭔가 있음을 느꼈다. 신이 난 조용화와 달리 김경식은 씁쓸했다. 경기 전에 김경식은 상대 수비 뒤 공간으로 달려드는 조용화의 발을 노리는 롱패스를 연습했다.

이영호는 안영배에게 말을 아꼈다. 12라운드에 힘을 주려면 안영배에게 부담을 줘서는 안 된다고 생각했지만 오늘 경기도 놓치기는 싫었다. 전반이 끝날 때까지 아무런 대책이 없으면 안영배에게 할 말을 준비해야겠다고 생각했다.

경기 시작을 알리는 휘슬 소리에 이영호의 모든 신경이 곤두섰다. 우선 전반의 목표는 득점이었다.

10

김현수는 전반전 시작을 알리는 휘슬 소리에 깜짝 놀랐다. 경기 감독관은 짙은 선글라스를 끼고 있어서 도대체 어디를 보는지 알 수가 없었는데, 말이라도 한번 붙여 보려던 김현수는 도저히 그의 눈을 찾을 수가 없어서 포기했다. 다음 경기의 감독관이 또 그일지는 모를 일이었다. 김현수의 눈에 선글라스를 끼는 사람들은 왠지 거만하고 권위적으로 비쳤다. 검은 안경으로 자기의 눈동자는 감추고 도리어 검은색 안경알로 상대방을 되비추기 때문이다. 눈으로 대화를 하자고, 눈으로. 이런 생각을 하고 있는데 휘슬 소리가 울렸다. 김현수는 경기에 빠져들었다. 조용화와 안영배가 확실한 자기 포지션을 지키며 뛰고 있었다.

경기장에는 선수들의 부모를 제외하면 관중이라고 부를 만한 사람은 없었다. 부모들은 감독과 코치의 자리 반대편에 둘이나 셋씩 모여 앉았다. 지켜보는 사람이 적어서 파이팅을 외치거나 소리를 지르면 온 경기장에 다 들렸다. 어린 선수들은 자기 부모에게 눈치를 줬다.

목소리는 안영배가 가장 컸다. 안영배의 목소리를 듣고 수비수들이 수비 라인을 조절했다. 김현수는 경기장 전체를 보는 안영배의 눈이 남다르다고 생각했다. 그 목소리 덕택에 김경식이 누구인지도 알아냈다. 수비수들 사이에서 요리조리 움직이며 볼을 받아 내는 선수가 있었는데, 안영배가 그 선수를 향해 '야야, 경식아 여기 중앙!' '경식아 용화 봐!' '경식아 역습!' '경식아 들어가!' '나와! 경식아 멀리!'라고 끊임없이 외쳐 댔다. 김현수는 큰 기대 없이 찾은 경기에서 반 아이들 세 명이 모두 선발이라 갑자기 기분이 좋아졌다. 가만히 앉아 있지를 못하고 경기 감독관의 왼쪽 오른쪽을 분주하게 돌아다니며 경기에 푹 빠져들었다.

안영배가 살짝 굴려 준 공을 김경식이 받았다. 골키퍼의 롱킥에 대비해 뒤로 물러났던 상대 수비수들이 다시 재빠르게 수비 라인을 앞으로 당기는 순간, 김경식은 수비수들의 뒤를 돌아들어가는 조용화의 앞을 보고 길게 패스했다. 앞으로 나오던 수비수들은 갑작스러운 롱패스에 당황해 진영이 엉켰다. 조용화는 김경식이 패스하는 순간을 놓치지 않고 수비수들의 라인을 통과하며 오프사이드를 피했다. 조용화를 밀착 마크하던 수비수도 앞으로 성큼성큼 나오다가 역동작에 걸려 미끄러졌다. 조용화가 골키퍼와 일대일로 맞섰다.

"어, 왔다. 용화야 슛!"

김현수가 흥분해서 단상 지붕에 매달릴 듯이 방방 뛰었다.

"어어, 어, 우와, 조용화 골! 골! 골!"

공간을 좁히려 나온 상대 골키퍼를 여유롭게 제치며 조용화가 선제골을 넣었다. 전반 십 분이 채 되지 않은 상황이었다.

"저기, 아저씨!"

뒤에서 편안히 앉아 경기를 지켜보던 감독관이 김현수를 불렀다. 혼자서 펄쩍펄쩍 뛰며 좋아하던 거구의 김현수가 조금 겸연쩍은 생각이 들어 조용히 뒤로 가 앉으려던 순간이었다.

"네? 저요?"

"네. 아저씨, 여기서 그렇게 제 시야를 방해하시면 안 됩니다. 방금 몇 번 누가 몇 분 몇 초에 골을 넣었는지 제가 다 기록해야 한다는 말입니다. 조용히 보시든가, 내려가서 보세요."

"지금 막, 9번 조용화가 넣었는데요."

"아니, 그러니까, 시야를 막지 말라고요."

"아저씨가 까만 안경을 쓰고 계시니까 그런 거 아닐까요? 잘만 보이는데, 제가 가리면 얼마나 가린다고 그러시는지 원. 예, 잘 알겠습니다."

너무 순해서 탈인 김현수도 상대방이 까칠하게 나올 때는 함께 까칠하게 굴었다. 내가 뭐, 얼마나 방해를 한다고 그래. 내가 몸집이 크면 얼마나 크다고. 김현수는 삼겹살 먹을 자리, 그 좋은 자리를 혼자 차지하고 앉아 경기를 독점하려 드는 감독관이 심히 마음에 안 들기 시작했다.

"야, 경식아 걷어 내!"

여기저기서 경식아, 경식아, 부르는 소리에 김현수는 김경식을 유심히 살폈다. 김현수는 김경식을 보면서 유럽 빅 리그의 수비형 미드필더들을 떠올렸다. 보통 키가 크고 몸싸움에도 능하면서 패스 능력이 뛰어난 선수가 맡는데, 멀리 보는 능력과 경기를 조율하는 여유가 있어야 한다. 공격에서도 수비에서도 대단히 중요한 포지션이다.

경식이가 그런 역할을 하는 선수였구나. 경식이, 용화, 영배가 은하공고의 주축 선수들이었구나. 김현수는 신이 났다.

경기장에서 김경식은 정신이 없었다. 볼의 흐름을 지켜보며 기회를 노리는 스트라이커와 달리 흐름의 중심에서 볼을 관리해야 하는 미드필더는 한시도 쉴 수가 없다. 올해 들어 첫 선발 출전인 데다 애초에 축구 선수로 성공할 생각이 없어 연습에도 소홀했던 김경식은 전반 이십 분도 되기 전에 지쳐서 쓰러질 것만 같았다. 게다가 안영배와 조용화 둘이 소리를 쳐 대는 통에 정신이 하나도 없었다. 첫 골이 운 좋게 들어갔지만 그 순간 어떻게 패스했는지 기억도 나지 않았다. 김경식은 벤치를 자주 쳐다봤다. 코치는 아직까지 별말이 없었다.

김경식은 경기 전에 미리 지시받은 대로 첫 골 이후에 작전을 바꾸어 왼쪽과 오른쪽 윙어들에게 패스를 넣으며 공격에 가담하기 시작했다. 좌우 미드필더들이 수비 라인을 흔들며 돌파해 들어가고 조용화가 수비수들을 묶으면 빈 공간에서 공격을 지원하라는 지시였는데, 볼을 뺏기면 바로 역습을 허용할 수 있어서 조심스러웠다. 공격 가담이 부담스러워 슬금슬금 눈치를 보며 속도를 늦추면 어김없이 뒤에서 고함이 날아왔다.

"경식아 들어가, 뭐 해!"

안영배는 첫 골이 들어가자 수비 라인을 더욱 밀어 올리며 공격을 외쳤다. 실점 이후 반격하려는 상대 심리에 밀리면 동점골을 내주면서 경기 주도권을 빼앗기기 쉽다. 선제골을 넣고도 밀리는 경기를 하지 않으려면 반격하려는 상대를 꽉 움켜쥐고 놓아주지 말아야 한다. 뒤에서 안영배는 공격하기를 주저하는 김경식을 밀어붙였다.

"경식아, 슛해, 슛!"

오른쪽이 뚫리자 중앙 수비수까지 그쪽으로 달려가며 수비 라인이 무너졌다. 왼쪽 수비가 중앙의 공백으로 들어오자 왼쪽이 비었다. 조용화는 자연스럽게 왼쪽으로 빠지며 상대 수비수를 다시 빈 공간으로 이끌었다. 상대 왼쪽 수비수가 중앙과 조용화를 번갈아 바라보며 우왕좌왕하는 사이 중앙에 생긴 공간으로 반대편 윙어와 김경식이 함께 쇄도했다. 동시에, 오른쪽으로 치고 들어간 윙어가 고립되지 않도록 뒤를 받치던 풀백이 오버래핑해서 공격을 돕자, 순식간에 상대 수비 라인이 엉망이 됐다. 그 틈을 놓치지 않고 왼쪽으로 빠져 있던 조용화가 치고 들어오는 순간 오른쪽에서 크로스가 올라왔다.

모든 시선이 오른쪽에 있는 공으로 쏠려 있어서 뒤에서 달려드는 걸 알아챈 수비수는 왼쪽에 치우쳐 있던 풀백뿐이었는데, 김경식이 풀백을 몸으로 방어했다. 두 번째 골이 터졌다.

"우와우! 조용화 메이드 세컨드 골! 유 해브 얼레디 메이드 투 골즈 인 디스 매치! 언빌리버블!"

비교적 조용히 지켜보던 김현수가 또다시 벌떡 일어나 소리를 질렀다. 그것도 영어 공부랍시고 잉글랜드 축구 현지방송 생중계를 듣던 습관 탓에 영어로 질러 댔다. 싸늘한 기분에 문득 정신을 차리고 뒤를 돌아보니 검은 선글라스가 정확히 자신을 쳐다보고 있었다.

"아, 전반 이십 분, 9번 조용화요."

"네, 압니다. 저도 봤습니다."

김현수는 선글라스를 한 번도 써 본 적이 없어서 저 감독관의 눈에 자신이 어떻게 보일지 갑자기 궁금해졌다. 빛을 받아 번쩍이는 멋진 슈팅, 땀 흘리며 뛰는 아이들, 이 세상이 과연 어떻게 보이는지 묻고 싶었다. 궁금해서 다시 감독관의 눈을 들여다봤지만, 역시나 이상한 표정의 자신과 눈이 마주칠 뿐이었다. 학생들 앞에서 선글라스를 쓰는 일은 없어야겠다고, 김현수는 생각했다.

두 번째 골이 들어가자 조용화가 익살스러운 세리머니를 펼쳐 보였다. 코치가 무서워서 개인적인 세리머니를 하지 않는 선수들이 많았는데, 조용화는 골을 넣었으면 이 정도는 해야 관중은 물론이고 같이 뛰는 선수들 사이에서도 유명해진다고 생각했다. 물론 지나치게 코치의 성질을 건드리지는 않았다. 추가골을 터트리거나 역전골을 터트리는 등 상황이 괜찮을 때만 가끔씩 써먹었다. 살아가는 요령이었다.

조용화는 세리머니 후에 어시스트해 준 동료와 포옹하는 것도 잊지 않았다. 오른쪽에서 크로스를 올려 준 선배에게 '고맙습니다'라고 했고, 따라붙은 수비수를 막아 준 김경식에게 가서 '경식아 최고야!'라며 보답했다. 골을 넣은 흥분 탓에 목소리가 아주 컸다.

김현수는 골을 넣고 환호하며 함께 기뻐하는 아이들이 자랑스럽고 대견했다.

아이들은 저렇게 정정당당히 경쟁하는 스포츠를 통해 자라나야지. 김현수는 갑작스레 아이들을 가르치고 있다는 뿌듯함이 밀려와 감격했다. 아이들은 이렇게 최선을 다하고 있는데, 자신은 기간제 교사라고 불평하며 아이들에게 소홀하지 않았는지 반성했다. 그동안 아이들에게 우스운 꼴을 보이지는 않았을까, 그들에게 방해가 되는 것은 아닐까, 김현수는 갑자기 울컥했다. 이 아이들에게 이 주 뒤에 꼭 삼겹살을 사 주어야겠다고, 김현수는 다짐했다.

경기 흐름이 기대했던 대로 흘러가서 이영호는 기분이 좋았지만, 베팅한 스코어에 맞추려면 아직 한 골이 더 필요했다. 이제 두 골을 넣은 조용화에게 수비가 집중될 것이다. 이영호는 마지막 한 골을 위한 승부수를 던져야 했다. 어차피 후반에는 득점 없이 실점만 해야 한다. 분위기가 너무 넘어와 버리는 것도 좋지는 않았다. 전반 삼십 분을 넘어가고 있었다.

김경식은 경기가 진행될수록 호흡이 터지고 몸도 가벼워지는 것을 느꼈다. 두 골에 모두 관여해서인지 자신감도 붙었다. 상대는 수비 압박의 강도를 높이고 공격적으로 나오지 않았다. 최전방 공격수 한 명을 제외한 전원이 수비 자세였다. 김경식은 앞으로 찔러 준 패스가 번번이 되돌아 나오자 공을 뒤로 돌리며 상대 수비 라인을 앞으로 유인하려 했지만 좀처럼 잘 되지 않았다. 수비수들의 움직임을 살피며 상대 페널티박스 근처에서 패스를 주고받던 김경식이 기습적인 중거리 슛을 날렸다. 골키퍼는 반대편으로 날아들지도 모르는 크로스에 대비해 수비수에게 소리를 지르고 있다가 김경식의 슈팅을 보지 못했다. 뒤늦게 알아채고 몸을 던졌지만 이미 늦었다.

"와우."

정말 멋진 골이 터졌다. 20미터가 넘는 거리였는데 공은 아름다운 포물선을 그리며 빠른 속도로 빨려 들어갔다. 심장이 멎을 것처럼 아슬아슬한 골을 본 김현수의 아드레날린이 폭발했다.

"우와하, 경식아아아아아아!"

경식이가 이렇게 잘했었나? 뒤에서 지켜보던 안영배도 놀랐다. 가장 크게 놀란 건 김경식 본인이었다. 김경식의 축구 인생을 통틀어 공식 경기 첫 번째 골이었다. 골대로 빨려 들어간 공을 멍하게 쳐다보던 김경식에게 동료들이 미친 듯이 소리를 지르며 뛰어와 깔아뭉갰다.

이영호도 깜짝 놀랐다. 오늘 선발 선수 명단을 발표하면서 가장 신경 쓰였던 선수가 김경식이었다. 그러나 이제는 전반전의 키 플레이어 역할을 한 김경식이 경기의 운명을 결정지을지도 모르겠다는 생각이 들었다.

왠지 이번 경기는 예상했던 대로 흘러가는 듯한 예감, 그 운명의 예감대로 흘러간다면…….

이영호의 검은 심장이 빠르게 뛰었다. 선수들이 입력한 대로 작동하는 기계는 아니지만, 아주 복잡하고 다양한 버튼을 유능한 엔지니어가 적시 적소에서 눌러 준다면 원하는 대로 움직이기도 한다. 오늘 가장 중요한 버튼은 김경식이다. 이영호는 전반전이 끝나는 휘슬 소리를 들으며 김경식을 불렀다.

　김경식은 들떠 있었다. 경기 초반에는 선발로 출전시킨 코치의 의도가 무엇일까 의심했고, 대충 오늘만 수습하자는 생각이었는데 전반전을 마치고 나오면서는 생각이 조금 바뀌어 있었다. 선발로 출전시켜 준 코치에게 고맙다는 생각마저 들었다. 동료들도 전반전이 끝나자 다가와 어깨를 툭툭 치고 어깨동무를 하고 머리를 쓰다듬었다. 김경식이 축구를 시작한 이후로 처음 느껴 보는 뿌듯함이었다.

　희망이란 게 이런 느낌일까, 후반전에도 뛸 수 있을까. 김경식은 기쁘면서도 불안했다. 이런저런 생각과 감격에 잠겨 벤치로 들어오는 순간 이영호가 김경식을 따로 불렀다.

　이영호가 가볍게 김경식의 따귀를 쳤다. 흥분해서 세상이 다 아름답게만 보이던 김경식은 정신이 번쩍 들었다.

　"정신 차려. 아직 경기 안 끝났어."

　"네, 코치님."

　"전반에 잘했는데, 이러다가 분위기가 한꺼번에 넘어간다고. 다들 안심하고 방심했잖아. 경기 종료 휘슬 울리기 전에는 방심하지 말라고 했지? 정신 차려 인마."

　"네. 코치님."

　김경식이 차렷 자세로 똑바로 섰다.

"오늘 경기는 누가 뭐래도 우리가 이긴다. 그렇지만 후반에는 수비 연습도 좀 해 봐. 후반에는 무실점이 목표가 아니야. 상대가 따라붙을 때 경기를 어떻게 조율하는지 경험을 쌓는 것도 중요하다."

이영호가 김경식과 이마를 맞대더니 얼굴을 두 손으로 감쌌다. 그리고 목소리를 낮춰 은밀하게 말했다.

"후반에 두 골 실점해. 두 골을 내주란 말이야. 그러면 저쪽 팀 분위기가 확 달아오를 텐데, 그때 어떻게 경기를 조율해 내는지 보겠다. 알아들어?"

김경식은 지금 코치가 무슨 이야기를 하는지 잠시 생각해야 했다.

두 골을 내주라고? 내가? 내가 골키퍼도 아닌데 무슨 수로?

"지라는 소리가 아니야. 다른 선수들 모르게 실수하는 척 두 골 내줘. 그 뒤로 어떻게 경기하는지 보겠다는 소리야. 오늘 경기의 중심은 너다. 역습 때 따라붙지 말고 패스 미스해서 두 골 줘. 두 골 들어가면 그 뒤론 죽어라 뛰어. 가."

"네, 코치님."

대답은 시원하게 했으나 무슨 소린지 도무지 알 수가 없었다. 김경식은 순간 온라인 도박 사이트가 떠올랐다. 아, 아닌데. 아닐 거야. 말도 안 되잖아. 도박 사이트에 너무 많이 들락거렸구나, 경기에 집중하려면 코치의 말을 믿어야 해. 그런데 가능할까? 김경식은 코치가 밀리는 경기에서 운영을 어떻게 하는지 보겠다고 한 말이 진실이리라 생각했다.

"자, 이대로 잘 지켜서 경기 마무리하자고. 앞선다고 방심하면 경기 뒤집히는 거야. 지금 0대 0이라고 생각해."

벤치로 돌아온 이영호가 선수들을 불러 놓고 파이팅을 외쳤다. 안영배가 혼자 불려 갔다 온 김경식을 슬쩍 쳐다봤다.

11

후반전이 시작됐다. 안영배, 조용화, 김경식 모두 교체되지 않고 그라운드로 뛰어나왔다. 김현수는 하프타임에 학교 매점에서 콜라와 주전부리들을 잔뜩 사 와서는 앉을 곳을 찾아 두리번거리고 있었다. 그래도 선생님 체면에 바닥에 주저앉을 수는 없었다. 감독관 쪽을 계속 힐끔거리던 김현수는 감독관이 마침 자리를 비운 사이에 의자 하나를 재빨리 빼내서 멀찌감치 떨어져 앉았다. 후반전 시작과 함께 돌아온 감독관은 흘끗 한 번 보더니 아무 말이 없었다. 혼자서 1.5리터 콜라를 벌컥벌컥 마셔 대는 뚱뚱보에게 괜히 말 걸기가 싫은 거겠지, 라고 김현수는 생각하면서 일부러 소리 나게 과자를 씹었다. 의자 하나 뺏어 왔을 뿐인데, 김현수는 괜히 기분이 좋았다.

후반전이 시작되자 예상했던 대로 상대는 공격수를 늘리며 따라붙으려는 의지를 강하게 드러냈다. 지키려는 팀과 무너트리려는 팀 사이의 긴장이 팽팽했다. 조용화는 역습 상황을 대비해 상대 진영에서 서성거렸으나 패스는 연결되지 않았다. 김경식은 코치의 말이 머릿속을 떠나지 않아 경기에 집중할 수가 없었다. 볼을 잡으면 우왕좌왕했고, 자꾸만 골키퍼를 쳐다보았다.

실점해서 선수들의 긴장감을 끌어올리고, 경기를 운영하는 연습을 해 본다는 게 말이 되는 건지 아닌지 헷갈렸지만 일단은 뛰는 수밖에 없었다.

김경식은 골키퍼도 아닌 자신이 실점을 유도하는 방법은 파울을 해서 프리킥이나 페널티킥을 주는 방법밖에 없다고 판단했다. 상대는 중앙 미드필더와 공격수가 합작해서 중앙을 돌파하려는 움직임을 가장 강하게 보였다. 측면에서 올리는 크로스는 골키퍼 안영배가 쳐 내거나 수비수가 걷어 냈지만 중앙을 돌파하는 공격은 김경식의 수비가 우선이다. 김경식은 자리를 잡고 있다가 들어오는 미드필더의 허벅지를 걸어서 넘어트렸다. 페널티박스 바로 앞이었다. 심판이 뛰어와 넘어진 선수를 확인하고는 경고를 꺼내려다 주의만 주고 물러났다. 넘어진 선수가 옆구리에 통증을 호소하며 들것에 실려 나갔다. 안영배가 소리를 질러 가며 벽을 쌓는 수비수들의 위치를 잡아 주었다. 김경식도 팔짱을 끼고 섰다. 직접 슈팅을 노리는 듯 상대 선수 세 명이 공 근처에 서 있었다. 휘슬이 울리자 두 선수가 동시에 달려들어 속

임수 동작으로 비켜나는 듯싶더니 뒤에 있던 선수가 왼발로 슈팅을 날렸다. 공이 벽 위를 통과해 갈 때 김경식은 점프하지 않았다. 김경식의 머리 위를 통과한 공이 골대로 날아갔다. 벽을 넘기며 날아온 공은 김경식의 머리를 넘을 때 반대편에 서 있던 안영배의 눈에 띄었다. 안영배가 몸을 날렸지만 공은 회전도 없이 강하게 뚝 떨어지며 그물에 꽂혔다.

안영배는 일어서서 김경식에게 달려가려다가 멈칫했다. 전반전이 끝나고 코치와 단둘이서 이야기하던 김경식의 모습이 떠올랐다. 김경식의 얼굴에는 아무런 표정이 없었다. 안영배는 공을 그물에서 꺼내 멀리 차 버렸다. 지랄 같은 기억이 다시 꿈틀댔다.

차가울 때 다 마시려고 꾸역꾸역 콜라를 넘기던 김현수는 골이 들어가는 것을 보지 못했다. 프리킥을 하는가 싶더니 이미 골이 들어가 있었다. 김현수는 아쉬운 마음에 남아 있던 콜라를 마저 다 마셨다. 일부러 감독관에게 들릴 만큼 크게 트림을 해 댔다.

김경식은 프리킥이 날아온 순간 일부러 점프하지 않았다. 죄책감이 살짝 스쳤지만 코치가 시킨 일이니 어쩔 수 없다고 생각했다.

나는 어차피 이렇게 쓰이려고 여태 축구를 하는 거구나.

김경식은 코치가 시키면 자책골도 넣으라고 배웠는데, 이런 상황이야 백 번도 더 만들 수 있겠다고 생각했다. 한 골을 더 실점할 상황이 오지 않는다면 정말 자책골이라도 넣어야 하는지, 벤치의 코치를 쳐다보며 김경식은 한숨을 쉬었다.

후반 삼십 분을 넘기면서 코치는 조용화를 빼고 미드필더를 넣었다. 상대 진영에서 고군분투하던 조용화는 팀이 3대 1로 리드하는 상황에서 그런대로 기분 좋게 교체되었다. 남은 십오 분 동안 두 골 이상 내줄 가능성은 없어 보였다. 후반에는 이상하게 공격이 풀리지 않아서 힘이 쭉 빠져 있던 차에 차라리 교체가 나은 상황이라고, 조용화는 생각했다.

조용화가 빠져 수비 부담이 없어진 상대는 수비 숫자를 줄이면서 총공세에 나섰다. 김경식은 이런 상태라면 자신이 굳이 실점을 만들어 내지 않아도 될지 모른다는 생각을 했다. 온갖 잡생각에 집중력도 흐트러졌다. 몸이 말을 듣지 않아 숨이 막히고 허리가 자주 꺾여 무릎을 짚었다. 이대로 주저앉아 버리고 싶었다.

김경식의 의식이 점점 흐려졌다. 상대 코너킥을 멍하게 바라보고 있던 김경식은 파고들어 오는 상대 팀 공격수를 뒤늦게 발견했다. 순간 뒤따를 사이도 없이 몸을 날린 공격수의 머리에 공이 정확히 맞았고, 안영배는 손도 못 써 보고 실점했다.

선수들 모두가 갑자기 마귀에라도 홀린 듯 힘이 쭉 빠져 보였다. 배부르게 먹은 콜라와 과자 탓인지, 포만감에 슬슬 졸리던 김현수의 눈에도 김경식은 확실히 지쳐 보였다.

"아, 이거 이놈의 날씨가 항상 문제야. 애들 잡는구나, 잡아."

안영배의 뒤에 있던 태양이 이제 정면에서 내리쬐며 시야를 방해하고 있었다.

이영호는 두 번째 골이 들어가자 속으로 쾌재를 불렀다. 모든 것이 예상한 시나리오대로 흘러갔다. 조용화를 빼고 미드필더를 넣은 것이 예상대로 상대에게 유리하게 작용했다.

이제 경기를 이대로 마무리하면 된다. 이영호는 김경식을 불러들이고 1학년 공격수를 넣었다.

경기 종료 휘슬이 울렸다. 상대는 막판까지 거칠게 밀어붙였지만 추가 득점에 실패했다. 은하공고는 3대 2로 승리했다. 이영호는 도박과 경기에서 모두 승리했다. 이럴 줄 알았으면 이번 경기에서 석지훈과의 인연을 끊어 버릴 한 방을 준비했어도 괜찮았을 거라고, 이영호는 생각했지만 어쨌거나 기분은 좋았다.

합숙소에 들어오자마자 김경식은 컴퓨터부터 켰다. 팀은 승리하고 골과 도움까지 기록했지만 전혀 기분이 좋지 않았다. 후반전 내내 자신을 괴롭히던 의심을 확인하지 않으면 잠도 오지 않을 것 같았다. 김경식은 자주 들어가던 도박 사이트의 회원 전용 게시판을 검색했다. 유럽의 빅 클럽과 빅 매치에만 관심을 가졌던 김경식은 다른 종목에 관한 소식은 모른 척 지나쳤다.

도박 사이트 이곳저곳을 드나들던 김경식의 눈에 '요즘 고등학생들 경기가 그렇게 재미가 좋던데……'로 시작하는 글이 보였다. 고교 챌린지 리그를 종목으로 하는 사이트가 있다는 비유적인 표현이었다.

김경식의 손끝이 부르르 떨렸다. 아직 축구화도 벗지 않은 발이 화끈화끈 달아올랐다. 어린이 창의 계발, 스포츠 교구 제작 전문 업체로 절묘하게 위장된 사이트의 종목에 국내 스포츠 프로 리그와 고교 챌린지 리그가 포함되어 있었다. 김경식은 두 눈을 의심했다. 스코어 베팅을 하는 판에는 오늘 자신이 직접 뛰고 골까지 넣은 경기의 결과를 알리는 메시지가 번쩍거렸다. 김경식은 이번 시즌 은하공고의 경기가 스코어식으로 진행된 게임의 날짜와 결과를 훑어보기 시작했다.

12

감독관은 경기장이 정리되는 것을 물끄러미 바라보고는 대충 마무리되었다고 생각했는지 휙 가 버렸다. 김현수도 고기 파티 장소 걱정은 그만하고 오늘의 주인공들을 만나 보러 갈까 싶어 합숙소로 향했다.

합숙소 분위기는 승리로 인해 들떠 있었다. 김현수는 입구에서 쭈뼛거리며 서 있다가 캔 맥주를 들고 가던 아이들과 마주쳤는데, 아이들이 후다닥 감추는 것을 보고 손사래를 쳤다. 알아서들 하라는 뜻이었다. 그것보다는 늦은 오후에 경기를 치른 아이들이 저녁 식사는 어떻게 하는지 걱정이었다. 김현수는 문득 누군가와 함께 먹는 밥맛이 그리웠다. 밥 생각이 나는 걸 보니 밥때가 되긴 됐구나 싶었다.

"선생님, 안녕하세요."

안영배가 김현수를 먼저 발견하고 다가왔다.

"어, 그래 영배야. 오늘 멋졌어."

"아니요, 오늘 용화랑 경식이가 다 했죠 뭐."

애써 밝은 목소리였지만 표정은 별로 좋지 않았다.

"너희 저녁은 어디서 먹냐?"

"급식소에서요. 시합 있는 날은 회식할 때도 있는데 오늘은 그냥 급식 먹을 거 같아요. 부모님이 오셔서 데려가는 애들도 있어요. 용화랑 경식이는 아마 그냥 있을걸요. 불러올까요?"

"쌤, 오늘 삼겹살 먹어요?"

조용화가 어느새 나타나더니 친한 척을 했다.

"너희 나가도 괜찮아?"

"그럼요. 토요일은 시합 끝나고 집에 갔다가 오는 애들 많아요."

"그래? 그럼 저번에 내기한 거 오늘 해결할까?"

조용화가 경식아, 경식아, 부르면서 뛰어 들어갔고 곧 김경식까지 나타났다.

"뭐야, 이렇게 나오기 쉬웠나? 진작 알았으면 좀 자주 올 걸 그랬네. 가자, 오늘은 선생님이 맛있는 삼겹살집으로 안내하지."

"아, 삼겹살집은……."

조용화가 뭔가 말하려는데 안영배가 말렸다.

김현수가 이끄는 식당으로 온 아이들은 몰래 키득거렸다. 안영배도 태연한 척 가만히 앉아 있었다. 주말이라 손님이 많았다. 김현수는 눈으로 사장님이 어디 계시나 살폈지만 보이지 않았다. 안영배가 김현수의 옆에 앉고 맞은편에 조용화와 김경식이 앉았다.

"너희 고기는 자주 먹냐?"

"그럼요. 자주 먹어요."

"그래. 뛰는 녀석들이 많이 먹어야지. 선생님이 처음 사 주는 고기니까 많이 먹어라. 여기 고기가 아주 좋아요. 선생님 몸이 그냥 생긴 몸이 아니야. 이 집 덕에 아주 그냥 푸짐해졌지."

조용화가 키득거리며 웃었다.

"선생님 운동 좀 하셔야죠. 이제 아침에 아예 안 나오시던데. 살도 더 찌신 거 같아서 죄송하네요."

안영배가 상당히 진지한 얼굴로 이야기해서 김현수는 정말 살이 많이 찌긴 쪘나 보다, 하고 뜨끔했다.

"운동해야지. 너희들 보기 부끄럽네. 일단 오늘은 먹자고. 먹고 월요일부턴 나도 운동한다!"

"네, 그럼 오늘은 고기 좀 좋은 걸로 많이 달라고 할게요. 아빠, 고기 좀 줘요."

김현수는 안영배가 분명히 '아빠'라고 한 것 같은데 잘못 들었나 싶어 어리둥절했다. 그제야 나타난 사장님 눈이 휘둥그레졌다.

"아니 영배야, 이 손님이?"

"우리 담임 선생님이야."

"아니 영배야, 여기가?"

"우리 집이에요."

김현수가 벌떡 일어났다.

"아이고 영배 아버님, 제가 그것도 모르고 인사가 늦었습니다. 은하공고 2학년 6반 담임 김현수라고 합니다."

"아닙니다, 선생님인 줄 제가 미처 못 알아보고. 영배 아버집니다. 우리 영배가 축구만 하느라고 공부를 안 해서 걱정이 많으시겠습니다."

"아닙니다. 아이들이 열심히 축구하는 게 저도 자랑스럽고 기쁩니다. 축구할 시간에 공부하고 있으면 가만 안 놔둔다, 너희들."

쳐다보던 아이들이 낄낄거리며 웃었다. 내내 말이 없던 김경식도 그제야 좀 웃었다. 사장님은 꾸벅 인사를 하더니 달려가

한 상을 푸짐하게 차려 왔다. 그간 단골손님이 된 김현수의 식성을 정확하게 파악하고 있던 차에 아들의 담임 선생님이라니, 따로 떼어 놓았던 1등급 고기들만 골라 담았다. 기본 상차림에는 없는 산나물무침도 담았다.

"선생님, 많이 드십시오."

"예, 아버님. 식사는 하셨는지."

"네네, 저는 많이 먹습니다. 신경 쓰지 마시고 많이 드십시오. 너희도 많이 먹어라."

김현수가 또 자리에서 일어나 꾸벅 인사하고 사장님은 주방으로 돌아갔다. 거구의 몸이 일어났다 앉았다 하니 바닥이 울렁거렸다.

"영배야, 너희 집이었구나. 이거 선생님이 학생 집도 미리 안 알아 뒀네."

"아니요. 모르시는 게 당연하죠. 우리 집 단골이셨어요?"

운동장에서 진지한 모습만 봐 왔는데, 장난스러운 모습이 역시 아이들다웠다. 하지만 김경식은 별로 표정이 좋지 않았다. 골까지 넣은 아이가 왜 이러나 싶어서 김현수는 마음에 걸렸다. 사실 안영배도 들키지 않으려 애썼지만 기분이 썩 좋지는 않아 보였다. 김현수는 후반에 두 골 실점한 것이 마음에 걸리는 모양이다, 라고 생각했다.

아이들이 마음에 있는 말을 해 준다면 좋을 텐데. 그동안 표현하며 살기보다 묻으며 산 것은 아닐까. 김현수는 어린 시절 자신의 모습이 어렴풋이 떠올랐다.

"오늘 경기는 어땠어? 정말 미안한 일이지만 선생님은 오늘 이 학교에 와서 처음으로 너희들 경기하는 모습을 봤는데, 이야, 생각보다 훨씬 잘하던데?"

"네, 저희가 늘 생각보단 좀 잘해요."

고기를 불판에 올리던 조용화가 익살스러운 말투로 대답했다.

"용화는 지금 득점 순위 선두라며?"

"어, 어떻게 아셨어요? 그 정도는 해야 프로 팀에 들어가죠."

조용화가 고기 집게로 탁탁 소리를 내며 브이 자를 만들어 보였다.

"너희는 프로 팀에 들어가는 게 꿈이겠다, 그치?"

"그렇죠. 들어가면 좋죠."

조용화가 재빠르게 대답했다.

"아니요, 저는 프로 팀 생각 없어요. 뭐, 가지도 못하겠지만."

오이를 된장에 찍어 먹던 김경식이 대꾸했다. 심드렁한 투였지만 장난삼아 한 말은 아니었다. 김경식의 표정이 점점 무거워졌다.

안영배와 조용화가 살짝 놀란 눈치였다. 김현수도 약간 당황했는데, 생각해 보니 고등학교 축구부라고 다 축구 선수가 꿈이어야 한다는 법은 없었다.

"경식이는 그럼 꿈이 뭐냐?"

김현수는 물어볼까 말까 하다가 결국 말해 버렸다. 김현수가 선생님이 되어서 가장 물어보고 싶지 않았던 질문이었다. 자신도 꿈꾸며 사는 법을 잊은 주제에 아이들에게 할 말이 아니라는 생각 때문이었다. 더군다나 일찌감치 진로가 결정되는 체육 특기생들을 앞에 놓고 무의식적으로 묻고 만 것이다.

"선생님은 꿈이 뭐였어요?"

김경식이 대답 대신 되물었다.

"선생님? 선생님 꿈은 선생님이었지."

"꿈을 이루셨네요."

대수롭지 않게 대꾸했는데 김경식의 표정이 진지해서 김현수는 움찔했다.

"글쎄, 선생님은 꿈을 이룬 걸까."

다시 '꿈'이라는 단어를 내뱉으며 김현수는 덜컥 말문이 막혔다. 김현수는 아이들에게 일 년짜리 계약직 교사라는 말을 해야 할지 말아야 할지 잠시 고민했다.

갑자기 분위기가 진지해지자 조용화가 익은 고기를 잘라 김경식의 접시 위에 놓으며 너스레를 떨었다.

"아! 경식이 오늘 데뷔 골 축하. 이런 날 회식을 해야 되는데 코치는 어디 간 거야."

"그러게, 내가 콜라 가져올게. 선생님 혹시 술 드시나요?"

말없이 대화를 듣고 있던 안영배가 벌떡 일어나며 말했다. 김현수가 아니, 라고 말하는데 이미 안영배가 냉장고에서 콜라 두 병과 소주 한 병을 꺼내 왔다. 안영배가 주방에 있는 아버지를 힐끔 봤다.

"그래, 오늘 경식이 골 완전 멋지던데. 그게 오늘 데뷔 골이었다고?"

"선발로 뛴 것도 고등학교 와서 처음이었어요."

김경식 대신 조용화가 대답했다.

"아, 그래? 감독이 영 사람 보는 눈이 없구만."

"저흰 감독님이 아니라 코치님이 다 해요. 감독님은 정말 가끔 와서 교장 선생님처럼 훈화나 하고 가요. 훈련도 코치가 다 시키고 시합 가서도 코치가 지시하고 선발도 코치가 다 짜요. 감독님은 나이가 너무 많아서."

"거참 희한한 일이네. 코치가 실력이 있나 봐."

김현수가 입안 가득히 쌈을 밀어 넣으며 말했다. 오도독뼈가 우두둑 씹혔다.

"야, 너네 내가 선생님한테 게임 이겨서 고기 먹는 건데 나한테 고맙다고 안 해?"

코치 이야기에 표정이 급격히 안 좋아진 안영배와 김경식을 보며 조용화가 말했다.

"무슨 소리야, 여기 우리 집인데. 저녁 얻어먹으러 왔으면서 잘 먹겠습니다, 인사도 안 하네."

안영배가 농담 삼아 한 말이었는데 입이 터져라 쌈을 씹던 김현수가 기침을 켁켁 해 댔다. '얻어먹으러'라고 말할 때 그랬다. 그러게 넓은 상추 한 장에 깻잎 한 장, 무 쌈 한 장, 고기 세 점, 구운 마늘 두 개, 풋고추 세 조각, 파무침까지 넣어서 드시니 그렇죠 선생님, 하며 조용화가 콜라를 따랐다.

"너희 술은 마시냐? 소주 한 잔씩 줄까?"

"그럼요 쌤!"

조용화가 재빠르게 소주잔을 들이댔다.

"어이구. 역시 스트라이커는 뭐든 빠르네. 자, 한 잔씩만 받아."

사실 김현수는 술을 못 마셨다. 한 잔만 마셔도 온몸이 빨개졌고 두 잔에 빙빙 돌다가 세 잔이면 횡설수설했다. 네 잔 이상 마시면 집에 어떻게 들어갔는지 기억도 나지 않았다. 안영배가 가져온 소주 한 병을 김현수 혼자서 다 마신다면 아이들 보는 앞에서 그것도 학부모님이 운영하는 식당에서 사달이 날 게 분명했다. 좀 나누어 마신다고 어떻게 되겠나 싶었다.

"승리를 위하여."

뭔가 멋있는 말을 고심하던 김현수가 '승리'를 외치며 건배했다.

아이들은 선생님과 술잔을 부딪치는 것이 처음이었다. 코치나 감독이 선생님이나 마찬가지였지만 술을 돌리거나 잔을 부딪쳐 주지는 않았다. 술은 합숙소에서 몰래 배웠다. 선배에게 받았던 첫 술은 급하고 뜨거웠다.

선생님이 따라 준 술잔을 입술에 대면서 안영배는 처음으로 소주를 마셨던 때를 떠올렸다. 그날 절친했던 친구가 축구를 그만두고 전학 간다는 말을 했다. 친구도 안영배도 처음으로 술에 취한 날이었다. 다음 날 친구는 정말 가 버렸다. 술은 이별할 때 마시는 거라고, 안영배는 기억했다.

아이들이 잔을 내린다거나 뒤로 돌아 마신다거나 하는 과도한 격식을 차리지 않아서 김현수는 좋았다. 대학 시절 처음 술을 배운 김현수에게 술을 따라 주던 선배는 무릎 꿇고 두 손으로 정중히 선배보다 낮게 잔을 부딪치라고 명령했었다. 김현수는 그게 당연한 줄 알고 시키는 대로 했었는데, 운이 없게도 하필이면 사이코에게 술을 배운 꼴이었다. 아마 술을 못하게 된 것은 선천적인 이유도 있겠지만 술을 처음 배운 자리에서 느꼈던 거부감 탓도 있을 거라고, 한잔 술을 입에 댈 때마다 김현수는 생각했다.

"승리를 위하여, 좋네요."

단숨에 한 잔을 털어 넣은 조용화가 술잔을 내밀며 말했다.

"그럼 두 번째 잔은 뭘 위할지 용화가 생각해 봐라."

조용화의 잔에 소주를 채우며 김현수가 말했다. 안영배와 김경식이 차례로 다음 잔을 받았다. 그리고 자기 잔에도 따랐다. 안영배가 제가, 라고 말하려는 듯 멈칫했지만 김현수는 그러고 싶지 않았다.

언젠가는 이 아이들과 주거니 받거니 하는 날이 올까? 김현수는 일 년뿐인 자신의 계약 기간이 다시 떠올라 조금 씁쓸해졌다.

"오늘 승리는 다 경식이 덕택이죠."

조용화가 '승리'를 특히 강조하며 말했다.

"저도 멋지게 중거리 슛을 넣고 싶은데 포지션상 잘 안 되네요."

"운이 좋았죠. 골 넣는 포지션은 아니니까. 나도 내가 찬 공이 맞는지 의심스러웠으니까. 그러니까, 운이었죠."

눈 밑이 특히 빨개진 김경식이 조용조용 말했다.

"운이 아니라 그게 다 실력인 거야. 너희들 경기하는 걸 비디오카메라로 찍어 뒀어야 하는데 그 생각을 못 했네. 비디오를 보면 그게 운이 아니라 실력이라는 게 증명될걸?"

"저희도 찍어요! 못 보셨나? 전 작년 내내 명단에 안 올라가면 비디오카메라 들고 국기 게양대 앞에 있었는데. 거기가 시야는 넓은데 땡볕이라 오늘 같은 날 아주 죽죠. 나름 비디오 분석도 하고 그래요. 그리고 보니 요즘 좀 안 했네. 이길 땐 잘 안 해요."

조용화가 아는 척을 했다.

"나중에 나도 따로 찍어서 하나 갖고 있어야겠구나. 다 추억이야, 너희들도 그렇겠지만."

비디오카메라 이야기에 김경식은 살짝 움찔했다. 경기장 안에서는 생각하지 못했던 일이다. 김경식은 넋 놓고 허우적대는 자신의 모습이 비디오에 찍혀 있을까 봐 아찔했다.

"그러니까요. 골 장면만 따로 편집할 수는 없나? 그런데 어차피 나중에 프로 팀 가면 알아서 뉴스에서 해 줄 테니까 뭐. 조용화 선수가 오늘 해트트릭을 기록했습니다, 하면서. 그죠?"

"어차피 골 장면만 나올 텐데, 나랑 상관없지 뭐."

김경식이 시큰둥하게 대답했다.

"내 실점 장면만 나오겠군."

안영배도 거들었다.

"골키퍼는 '선방'이라는 기록이 있긴 한데 누가 신경 쓰나요. 이백 개 선방하고 한 골 실점해서 지면 진 거지."

"그건 영배 네 실점이 아니라, 상대 득점이야. 넌 이백 개 선방한 거고."

조용화가 우쭐대며 말했다.

"오, 그럴듯한데? 그래, 축구는 골 넣는 경기니까 뭐. 그렇게 생각하면 다 편하지."

김현수는 골키퍼와 스트라이커는 생각이 많이 다르구나, 영배가 실점에 대한 책임감이 크구나, 따위의 생각을 했다.

"경식이 넌 '도움'을 주잖아. 축구에서 도움을 얼마나 높이 쳐 주냐? 너 대단한 거야. 그래도 가장 중요한 건 역시 골이지. 골이 없으면 도움도 없으니까. 결론은 내가 가장 중요한 선수라는 거?"

조용화가 으스대며 말했다.

"뭐야, 이건."

"술 한 잔 먹고 신 났네, 아주."

도움이라. 멋진 말이다. 야구에는 '희생'이 있다. 희생플라이, 희생번트. 스포츠에 왜 감동이 있나 했더니 이런 인간적인 단어들이 숨어 있었기 때문이구나. 김현수는 쉽게 감동하는 순박한 성질대로 한껏 고취되었다. 술 몇 잔에 아이들 앞에서 울거나 그러면 안 될 텐데, 걱정되기도 했지만 뭐 어때, 하는 기분도 들었다. 김현수는 그냥 이 순간이 좋았다.

"오늘 경기는 어쨌든 이겨서 이렇게 기분이 좋겠지? 질 때도 있겠지만, 너희들이 이렇게 기분 좋게 살아갔으면 좋겠다."

김현수는 정말 기분이 좋아졌다. 말을 하면서 이게 꼰대 같은 잔소리는 아닌지 잠시 고민했지만 진심이었다. 진심은 다 통하는 거라고, 김현수는 생각했다. 안영배와 김경식은 아무 말이 없었다.

"그럼 이제 두 번째 잔?"

조용화가 술잔을 들어 올렸다.

"어…… 음…… 우리 꿈을 위해! 이렇게 하면 되나? 아, 나 부끄럽네."

조용화가 낄낄 웃으며 술잔을 부딪쳤다. 아이들은 첫 잔에 그랬듯 단숨에 꿀꺽 술잔을 비웠다. 김현수도 꿀꺽, 두 번째 잔을 비웠다.

"선생님 기분 좋으신가 봐요. 몸을 흔들흔들하시네."

반쯤 감긴 눈으로 기우뚱기우뚱하는 김현수를 보고 안영배가 말했다.

"그래, 기분 좋네. 오늘 너희들이 열심히 자기 꿈을 위해서 뛰는 모습도 보고, 너희들이랑 술도 한잔 하고, 맛있는 고기도 먹고. 이게 행복이지 뭐냐."

김현수는 행복이란 말에 또 한 번 도취되어 슬그머니 눈을 감았다. 저 멀리 푸른 초원이 보일 듯 말 듯 했다.

"꿈을 위해서 뛴 게 아닌데요."

김경식이 힘주어 말했다. 김경식의 눈 밑에서 시작된 붉은색 폭풍이 귀밑까지 휘몰아치고 있었다. 잠시 딴생각을 하던 안영배가 깜짝 놀랐다. 이미 초원을 날고 있던 김현수도 놀라서 눈을 번쩍 떴다.

"경식아, 하루하루가 모여서 꿈이 되는 거야. 자신을 받아들이지 못한 채 하루하루를 보내면 절망에 빠져."

지난 몇 년을 그렇게 살아온 김현수는 진심으로 말했다.

"모르면서 다 아는 듯 말씀하시네요. 도대체 뭘 받아들이란 말이야. 선생들은 다 그렇지 뭐. 선생님도 똑같아요."

김경식이 씩씩거렸다. 앞뒤 없이 격해진 김경식의 말투에 안영배는 번뜩 정신이 들었다.

"야, 경식아, 무슨 말버릇이야."

안영배가 말렸다.

"괜찮아. 하고 싶은 말이 있으면 해, 경식아. 들어 주려고 존재하는 사람이 선생님이야."

김현수는 분노로 가득 찬 김경식의 눈동자를 정면으로 응시했다.

"야, 용화야, 축구 경기는 이기는 게 다가 아니야. 안 그래?"

김경식이 김현수의 눈을 피하며 멀뚱해진 조용화에게 대뜸 물었다.

"어, 그렇지. 이기는 것만이 목적은 아니지."

"아니, 목적이 아니라 어떻게 이기느냐가 중요한 거라고. 어떻게 지느냐가 중요하고. 내 말이 틀려? 무조건 이기기만 하면 되는 게 아니라고! 이겼으니까 다 된 게 아니라고! 이기면 모든 게 다 용서되는 게 아니라고! 개 같은 짓을 해서는 안 된다고!"

김경식이 울 것 같아서 안영배가 콜라를 따라서 내밀었다. 콜라를 내밀면서 안영배는 이영호를 떠올렸다.

"무슨 소릴 하는 거야. 구체적으로 말해."

슬슬 답답해지기 시작한 조용화가 너 지금 이깟 술 두 잔에 이러냐는 투로 말했다.

"야, 관둬. 관두자. 골만 넣으면 장땡인 네가 뭘 알겠냐."

"이 자식이."

"그만해!"

조용화가 김경식의 멱살을 잡고 안영배가 테이블 너머 그 손을 낚아챈 것은 순식간의 일이었다. 김현수는 가슴이 덜컥 내려앉았다. 머리가 뱅뱅 돌기 시작한 김현수는 눈앞의 광경이 너무나 낯설었다.

"그쯤 해 두고. 이야길 해 보자. 술도 한잔 마신 김에 사내놈들끼리 그럴 수 있어. 너희들이 뛰는 포지션에 따라서 느끼는 감정도 다 다를 거야. 그 이야길 해. 이야길 좀 하고 살아."

김현수가 눈을 부릅떴다. 뱅뱅 도는 의식을 바로잡기 위해서였는데, 조용화와 김경식은 선생님의 화난 듯한 눈을 보고 뜨끔했다.

"죄송합니다, 선생님."

"죄송합니다."

"그래. 그건 됐고. 경식아, 무슨 일인 거야? 무슨 일 있어? 오늘 기분이 왜 그렇게 안 좋아. 멋지게 골도 넣었잖아. 도움도 했고."

김현수는 스스로도 놀랄 만큼 차근차근 말했다.

"그게 아니라요. 코치가……."

김경식이 울컥했다. 안영배는 김경식의 말을 듣고 심장이 쿵쾅쿵쾅 뛰어서 미칠 것만 같았다.

"코치가?"

"코치가 시키는 대로 하는 게 너무 싫어요. 누군가 뒷덜미를 움켜잡고 조종하는 것 같아요. 나는 내 맘대로 뛰고 싶은데 코치가 자꾸 이래라저래라 시켜요. 내가 하고 싶은 축구가 아니야 이건. 생각대로 못 하고 시키는 대로 하는데, 무슨 꿈을 꿔요."

"코치나 감독이 작전 지시를 하는 건 당연한 거잖아. 그게 싫은 거야?"

김현수가 다시 진정하라는 말투로 물었다.

"그렇죠. 그 모든 게 작전이고 전술이겠죠. 우리는 어리니까, 모르니까 시키는 대로 하라면 해야죠. 실점하라면 실점하고, 반칙하라면 반칙하고, 골 넣지 말라면 넣지 말고. 그게 다 작전이고 전술인 거지 뭐."

"누가 너더러 실점하고 반칙하고 골도 넣지 말래? 뭘 그렇게 다 꼬아서 받아들여? 넌 오늘 골도 넣고 도움도 기록했잖아."

듣고 있던 조용화가 이제 안 되겠다는 듯 말했다.

"좀 그만해. 누군 힘든 게 없냐? 선생님하고 처음 만난 자리에서 그런 말 좀 안 하면 안 되냐? 그만하고 먹자. 놀다가 가자고. 그래 봤자 아무 도움도 안 돼. 내일이면 다시 코치가 부는 휘슬에 맞춰서 뛰고 박고 차야 하잖아. 너도 그럴 거잖아. 그럴 거면서 무슨 말이 그렇게 많아."

김현수는 말문이 막혔다. 아무 도움도 안 된다는 조용화의 말은 섬뜩할 만큼 정확했다. 김현수는 정신을 차려야겠다고 생각했다.

안영배는 분명 김경식과 코치 사이에 무언가가 있다고 확신했다. 작년 리그를 마치고 안영배는 한동안 이영호가 자신의 팔다리에 보이지 않는 실을 묶어 잡아당기며 조종하는 꿈을 꿨다. 꿈속에서 아무리 손을 뻗어도 공은 안영배의 손을 비껴갔다. 다리에 힘이 빠져 걸을 수조차 없었다. 그렇게 몇 달을 지냈다.

경식이가 코치로부터 무언가 제재를 받았다면, 그래서 저렇다면, 어떻게 하지? 내가 무슨 말을 할 수 있어? 경식아 나도 그랬어. 코치가 두 골을 그냥 내주래. 그래서 진짜 그렇게 했어. 일부러 안 막았어. 그래서 우리가 졌어. 이렇게 고백해야 하나? 그러면 경식이와 나는 편할까?

어지러운 생각 속에서 안영배는 점점 말문이 막혔다.

"선생님, 아, 죄송해요. 시즌 중에는 저희가 합숙 생활도 빡빡하고, 부모님도 못 만나고 친구도 없고 오로지 연습하고 합숙 생활만 해서 좀 힘들어요. 참 부끄럽게 힘들다는 소리만 하고 앉았네요."

조용화가 짐짓 어른스러운 말투로 점잖은 척을 했다.

"괜찮아. 너희들 고충을 선생님이 어떻게 다 알겠니. 미안하다, 평소에 관심을 좀 더 못 가져 줘서. 뭔가 답답한 게 있으면 앞으로 자주 보자. 해결은 못 해 줘도 들어 줄 순 있잖아."

지키지도 못할 말을 해 버렸다고 생각하며, 김현수는 세 번째 잔을 혼자 꼴깍, 마셔 버렸다.

제3부
침묵하는 세상의 법

1

새카만 헬멧의 퀵서비스맨이 운전석 창문을 두드렸다. 빼꼼히 열린 창문 틈으로 이영호가 봉투를 건네받았다. 퀵서비스맨은 순식간에 사라졌다. 석지훈이 보낸 돈이 이영호의 손에 도착하는 데는 삼십 분도 걸리지 않았다. 이영호는 이런 신속하고 정확한 계산만은 마음에 들었다. 오만 원권으로 두툼한 봉투를 보며, 이영호는 잠시 흐뭇했다. 이제는 상황이 완전히 역전되어 자신의 능력으로 석지훈을 이용하고 있다는 생각에 통쾌했다. 어찌 됐건 승리했으니 선수들에게 미안함도 덜했다.

이영호는 경기 직후 석지훈에게 전화를 걸어 그 스코어들을 피하느라 힘들었다며 은근히 생색을 냈다. 그랬더니 확실히 지난번보다 봉투가 두꺼워졌다. 이영호는 빳빳한 오만 원권을 꺼내 세어 보며 석지훈이 가진 돈의 바다를 다시금 떠올렸다. 오기 같은 것이 솟았다.

이 자식은 얼마나 벌까 도대체? 정말 한 주에 일억씩 버는 것 아닐까? 이런 놈은 우려먹을 만큼 우려먹어도 괜찮다. 더구나 구린내가 나는 놈은 더러운 자기 밑을 어디에 밝히지도 못할 테니까.

베팅한 오십만 원에 대한 배당금은 화요일쯤 입금될 예정이었다. 이영호는 도박이란 게 이렇게나 인기 있는 오락인 줄 몰랐다. 온라인으로 하는 도박은 감독들끼리 가끔 하던 내기 경기와는 아예 다른 세상이었다.

좋게 생각하자고, 좋게. 돈은 어떻게든 쌓이면 그만이니까.

이영호는 김민수와의 약속 장소를 향해 차를 몰았다.

"대단한데? 골키퍼랑 또 짠 거야?"

김민수가 먼저 와 룸을 잡아 놓고 기다리고 있었다. 벌써 아가씨를 끼고, 양주병은 반이나 비어 있었다. 재떨이에 시커먼 재가 가득했다.

"재미 좋네? 네가 돈 땄냐? 야, 너 나가."

이영호는 김민수가 옆구리에 끼고 허벅지를 쓰다듬던 여자를 쫓아냈다.

"왜, 오늘은 즐겨도 되는 날 아냐? 배당이 얼마나 되려나, 내가 시스템을 잘 몰라서 말이야."

"스코어 식은 더블이거나 그것보다 더 많아. 맞힌 사람이 적으면 추가 배당도 붙어. 나도 잘 몰라. 일단 터트린 게 중요한 거지."

이영호가 담배에 불을 붙이며 말했다.

"골키퍼는? 어떻게 구슬린 거냐? 너 잘되면 나도 한번 해 보려고. 뭐 어때? 경기에도 이기고 나도 돈 좀 따 보자는데. 안 그래?"

김민수도 담배에 불을 붙였다.

"지랄하지 마, 새끼야. 꼬리가 길면 잡혀. 재수 없게 똥 밟으면 책임 못 진다."

"어휴, 지랄. 그래 내가 하면 로맨스고 남이 하면 불륜이지, 원래. 돈 딴 놈이 배짱인 법이야. 술은 네가 사라. 오늘은 2차도 콜인 거지?"

둘이 동시에 흰 연기를 내뿜었다. 호흡이 잘 맞았다.

"이 새끼가 완전히 미쳤네. 정신 차려, 인마. 우린 아직 본게임에 들어가지도 않았다고. 본게임 끝나면 내가 뭐든 못 쏴 주겠냐. 준비나 잘해."

"뭘 걱정이야. 말 잘 듣는 골키퍼 있는데. 걔는 실력도 좋은 애가 말도 잘 듣나 봐? 매번 이렇게 도움을 주시네."

"이번엔 골키퍼한테 말도 안 꺼냈어. 다 방법이 있더라고. 운도 좋았고."

"이야, 그래? 이 자식 완전히 신이네, 신."

"골키퍼는 아껴야 돼. 본게임에 쓰려면."

"그건 그렇겠다. 그럼 본게임 스케치를 좀 해 볼까? 이번에도 너희가 이기겠다고 까불 생각은 마. 요즘 우리 팀 성적이 좀 안 좋으니까 결과는 우리가 이기는 걸로 해."

"그러려고 오늘 우리가 이긴 거 아니냐. 결국 마지막엔 우리 둘이 웃을 거다. 두고 봐라."

"예, 주님. 복음 말씀 새겨듣겠습니다. 아멘."

두 코치가 낄낄거리며 웃어 댔다. 둘이 동시에 담뱃불을 껐다.

12라운드는 다음 은하공고의 홈경기였다. 김민수의 도움을 받는다면 조작은 훨씬 쉬울 거라고 이영호는 생각했다. 두 팀의 코치가 양주를 곁들여 가며 머리를 맞대고 내린 결론은 최종 스코어 3대 4에 천오백만 원을 베팅하는 것이었다. 원래의 계획은 천만 원이었는데 10라운드에서 깔끔하게 성공하자 오백만 원을 올렸다. 전반에 유성고가 두 골, 후반에 은하공고가 세 골을 넣어 역전했다가 다시 2점을 실점할 계획이었다.

이영호는 김경식과 안영배를 동시에 떠올리며 시나리오를 짰다. 전반에 김경식에게 두 골을 실점하게 한 후 후반에 세 골을 득점해 역전이 됐을 때 안영배에게 다시 두 골을 지시하는 것이 가장 이상적이라 생각했는데, 그러려면 전반에 소모할 김경식보다는 끝까지 스코어를 책임질 안영배가 이 모든 상황을 받아들여야 했다. 이런 구체적인 상황까지 그대로 만들어 낼 수 있을지 이영호는 불안했다. 불안인지 스릴인지 모를 감정이 온몸을 휘감았다.

김민수가 해야 할 일은 전반에 득점 타이밍을 미리 이영호와 상의하는 것, 그리고 후반에 세 골을 실점하라는 지시를 내리는 것이었다. 서로 타이밍이 맞지 않으면 중복 실점이나 득점으로 이어질 수도 있다. 둘의 결론은 양 팀의 벤치가 가까우니 눈짓 발짓 텔레파시 등으로 그때그때 교감하자는 것이었다.

이영호는 안영배에게 실점을 지시하는 상황도 미리 생각해 두었다. 모든 것이 배움이고 기회다, 위기를 관리해 역전과 재역전의 드라마를 써내는 것은 스포츠맨의 위대한 능력이다, 그런 상황에서 골키퍼로서 평정심을 유지하는 요령을 배워라, 나는 팀이 연패의 사슬을 어떻게 끊고 분위기를 반전시키는지, 그 속에서 차기 주장감인 네가 무슨 역할을 하는지 지켜보겠다고 말할 생각이었다. 안영배가 이런 이야기를 받아들일지, 이영호는 알 수 없었지만 왠지 모르게 자신감이 차올랐다. 자신감의 색깔은 담배 연기처럼 실체가 없었지만 언제나 강한 자극제였다. 녹색의 그라운드 위에서 골문을 지키는 골키퍼의 모습이 뿌연 담배 연기 속에서 환영처럼 비쳤다.

"천오백을 베팅하면 배당이 얼마야? 생각만 해도 짜릿하네."

김민수가 온몸을 비비 꼬며 환장을 했다. 이영호도 통장에 빼곡히 들어찰 숫자들을 떠올리니 심장이 터질 듯이 뛰었다. 여자들을 다시 불렀다. 술에 취해서 김민수는 이영호를 주님, 주님, 하고 불렀다. 이영호는 지하의 냄새나는 룸살롱에서 세상을 다 가진 것 같은 착각에 빠졌다. 옷을 거의 벗은 여자들이 뜨거운 그들을 더욱 자극했다. 천국이 따로 없었다.

2

석지훈은 이영호의 전화를 받으며 무언가 꺼림칙한 기분이었다. 이영호의 목소리가 너무 당당했다. 요구하는 스코어를 피하기만 하면 그가 무슨 짓거리를 하든 석지훈이 상관할 바 아니었지만, 알량한 양심이라도 보이던 이영호가 당당하게 경기 결과를 알려 오는 일이 반갑지만은 않았다.

건방져졌어. 개자식이.

전화를 끊고 난 후에 석지훈은 생각에 잠겼다. 결론은 역시 돈밖에 없었다. 퀵서비스로 이영호에게 돈을 보냈다. 전보다 늘어난 액수였다. 석지훈은 결코 거래 내역을 남기는 짓을 하지 않았다. 이영호가 받은 돈을 한 통장에 차곡차곡 모으는 바보짓을 하고 있는 건 아닌지 걱정이 되었지만 그 정도 병신은 아니겠거니 생각했다. 생각해 보니 그에게 준 돈이 이미 천만 원 가까이 되었다. 부정한 거래는 메모조차 피하는 그였지만 뛰어난 머리를 너무 믿어서는 안 되겠다는 생각도 들었다. 어쨌든 도박 사이트의 판매 수익은 매주 치솟고 있었다.

석지훈은 최근 스마트폰을 통한 게임을 시험 운영하고 있었다. 개발 비용이 많이 들지도 않고 접속자가 피시 버전보다 많은 날도 있어서 전망이 매우 좋았다. 석지훈은 스마트폰 전용 서버를 늘리고 본격적인 개발을 서둘렀다. 아직 휴대전화 소액 결제 시스템에 의존하고 있는 상황이라, 석지훈은 계좌와 직접 연결 가능한 뱅킹시스템 구축을 서둘렀다. 거액의 베팅을 유도하려면 한도가 낮은 휴대전화 소액 결제로는 한계가 있었다.

석지훈은 하루 천 원에서 최고 만 원 정도 베팅하는 스마트폰 전용 고객은 아마도 고등학생이거나 중학생일 것이라 예상했다. 유행에 민감하고 친구들과 어울리기를 좋아하는 학생들이 이용해 준다면 대박이었다. 매일 늘어나는 스마트폰 판매 수익을 보며 석지훈은 즐거웠다.

3

고깃집을 떠나오면서 김현수는 '너희는 아직 어리니까 뭐든 할 수 있어'라는 말을 끝내 하지 않은 것이 다행이라고 생각했다. 소주 세 잔을 마시고 나니 온갖 말들이 서로 튀어나오려고 목구멍이며 입천장을 간질였다.

입이 간질간질할 때는 벌떡 일어서야 한다. 일어서서 집에 가야 한다. 입에 맴도는 말을 다 뱉어 버리고 후회한 적이 얼마나 많았던가.

노력하면 뭐든 할 수 있다는 말처럼 지독한 거짓말도 없다는 것을 김현수는 이미 알고 있었다. 그런데도 왠지 조금 더 어린애들에게는 그 말이 유효하지 않을까, 습관처럼 떠올리는 것이었다.

달콤한 경구에 홀려 살아온 이십 대가 얼마나 허무했던가. 김현수는 그런 생각을 하며 일부러 터덜터덜 걸었다. 밤하늘에 별이 몇 개 빛났다. 별들이 다 살아서 움직인다면 얼마나 삶이 재미있을까. 살아서 떼를 짓는 정어리들처럼 역동적이라면 밤하늘이 얼마나 아름다울까. 가만히 박혀 있는 별 같은 인생이라면 빛나도 소용이 없을 거라고, 김현수는 생각했다.

은하공업고등학교는 11라운드 원정 경기에서 패배했다. 안영배와 조용화가 선발 출전했고, 김경식은 벤치를 지켰다. 조용화는 상대 집중 수비에 막혀 고전하다가 후반에 교체됐다. 경기에 패배했지만 은하공고는 여전히 정규 리그 A조 선두였다.

안영배는 경기에 집중하지 못했다. 경기는 사각의 그라운드 위에서 구십 분간 어김이 없이 진행된다. 바뀌는 것은 그날의 공기와 날씨뿐이다. 누가 뛰고 있든 그들은 골대를 향해 슛을 날리고, 골키퍼는 움직이지 않는 골대 앞에서 움직이는 공을 막아 내는 것이다. 안영배는 고경식이 소주 몇 잔에 토했던 말이 자꾸 떠올랐다. 그 말 뒤에 숨은 진실이 두려웠다. 애써 잊고자 했던 그 장면이 되살아났다. 도대체 얼마나 많은 선수들이 코치의 장난에 놀아나는 것인지, 안영배의 생각 속에서 상상의 말은 끝을 모르고 달렸다. 달려드는 공격수에게도 상상의 덮개가 씌어서, 그가 날리는 슛은 애츠에 막을 수 없도록 설정된 어떤 프로그램이 아닐지, 안영배는 골대 앞에 서서 좌절을 거듭했다. 이날 안영배는 두 골을 실점했고, 아무도 득점하지 못해 0대 2로 패배했다. 패배했다고 경기를 다시 할 수는 없었다. 돌이킬 수 없기 때문인지, 누구도 골키퍼의 책임을 묻지는 않았다.

12라운드가 다가올수록 이영호의 불면의 밤이 길어졌다. 얕게 든 잠에서 긴 꿈을 꿨다. 꿈에서 이영호는 국가 대표 팀의 감독으로 월드컵에 출전했는데, 첫 경기에서 0대 6으로 대패하고 기자회견을 하고 있었다. 수많은 카메라에서 쏟아지는 플래시를 고스란히 받아 내는 동안 이영호는 꿈이라면 어서 빨리 깨어나기를 바랐다. 그런데 지금 이 세상은 꿈일 뿐이야, 라는 생각이 드는 순간 너무나 당당해졌다.

"축구는 결국 도박 아니겠습니까. 잃을 때가 더 많은 법이지요. 조금 잃었다고 경기를 다시 할 수는 없는 법입니다."

말을 내뱉고 나면 꿈은 온데간데없었다. 월드컵에서조차 스코어 조작을 벌인 것인지, 이영호는 꿈속의 자신이 섬뜩했다. 그는 아득해질 때까지 기억을 응시했다.

김경식은 하루에 열 번도 더 컴퓨터 앞에 앉아 도박 사이트를 살폈다. 만든 사람이 누군지, 회원으로 가입한 사람은 누군지, 베팅해서 돈을 딴 사람은 누군지, 잡을 수만 있다면 다 잡아서 죽여 버리고 싶었다. 김경식은 컴퓨터 앞에서 분노로 부르르 떨었다. 다시 은하공고의 경기가 스코어 베팅 종목에 걸리는 날이 왔을 때, 코치의 지시를 한마디도 놓치지 않고 들을 작정이었다. 특정 점수를 들먹이며 방심이니 경기 운영이니 드라마니 역전이니 하는 개소리를 지껄인다면 그날은 틀림없는 것이다.

출전하지 못한 11라운드에서 김경식은 경기를 보는 척하면서 코치만 살폈다. 코치는 경기 내내 별로 말이 없었다. 평소엔 팔짱을 끼고 서서 좀처럼 말이 없는 코치가, 어떤 날에는 갑자기 돌변해 달변의 축구 이론가가 된다. 그 차이는 무엇이 만드는 걸까?

김경식은 도박 사이트에서 번 돈으로 볼펜처럼 생긴 녹음기를 주문했다. 그리고 녹음기를 어디다 숨기면 좋을지 고민했다.

4

교감 선생님은 분명 교내에 설치된 모든 감시 카메라를 지켜보고 있는 것이 틀림없다. 눈앞에서 다리를 꼬고 담배를 뻐끔뻐끔 피워 대는 교감 선생님이 어떻게 모든 일들을 다 알고 있는 것인지, 김현수는 소파에 등도 기대지 못한 채 각을 잡고 앉아서 땀을 뻘뻘 흘리며 생각했다.

"에, 선생님이 퇴근하시고 무슨 일을 하시는지, 주말에는 무슨 일을 하시는지, 에, 저는 개인적으로 간섭할 의사가 전혀 없습니다."

교감 선생님은 천천히 담배 연기를 내뱉고는 담배를 비벼서 껐다.

"그렇지만 밖에서 이런저런 말들이 들리면 얘기가 달라지죠. 학교 안에서는 말할 필요도 없고요."

소파에 푹 파묻힌 자세로 자기 스스로 금지한 교내 흡연을 즐기는 저 행위에 대해서는 이런저런 얘기가 없는지, 김현수는 궁금했다.

"지난번에 에, 축구부 합숙소에서 게임한 이야기는 안 하려고 했습니다만, 말이 나온 김에 짚고 넘어가지요. 어떻게 선생님이 학생들과 게임을 합니까. 다른 학생들도 보는 앞에서 말이죠. 이번에는 아이들과 술을 마셔요? 나, 이것 참, 저로선 대책이 없습니다."

영배네 식당에 교감 선생님이 미리 와 있었거나, 그 자리에 학교 관계자들이 회식을 하고 있었거나, 그것도 아니면 축구부 아이들이 교감 선생님을 꼭 짚어 일러바치기라도 한 걸까? 아무리 생각해도 어떻게 알고 있는 건지 김현수는 짐작할 수가 없었다.

"그리고 하나 더 있어요. 말을 안 하려고 했는데 하다 보니 자꾸 나오네. 도대체 요즘 왜 그렇게 학교를 두리번거리고 돌아다닙니까? 구석에 숨어서 담배 피우는 학생들 있을까 찾아다니는 학생부 선생님처럼. 선생님은 학생부도 아니잖아요? 혼자서 무슨, 에, 보물찾기라도 하시나 봐요?"

"아, 그건······."

김현수는 남는 책상 의자가 있나 보려고, 라고 말하려다가 말았다. 혹시 단상에서 삼겹살을 구워 먹을 계획까지 눈치채고 그러지 말라고 하면 아이들과의 약속을 지킬 수 없게 될지도 몰랐다.

"그냥 산책 삼아, 살도 좀 뺄 겸 해서······. 이상하게 보일 행동은 하지 않는데, 그것도 문제가 되는군요."

얼굴이 땀으로 번들번들한 허연 뚱보가 멋쩍게 웃으며 답했다.

"문제가 되는 게 아니라, 워낙 엉뚱하시니 또 무슨 꿍꿍인가 해서 그렇죠. 우리 좀 상식적으로 삽시다. 너무 튀지 말고, 학교에선 교육을 최우선으로 생각하자고요. 아시겠어요?"

김현수는 남자 선생님들이 몰래 흡연실로 사용하는 휴게실 문을 닫고 나오며 두리번두리번 좌우를 살폈다.

　누가 날 따라다니나? 아님 구석구석 감시 카메라가 있나? 내가 하는 일이 그렇게 어이없는 일들뿐이었나? 그리고 '엉뚱'하고 '꿍꿍'할 땐 발음을 좀 조심하시지. 사람을 뭘로 보고 말이야. 김현수는 한 학기 만에 학교에서 잘리는 것은 아닌지 불안했지만 그래도 토요일에 아이들과 삼겹살을 구워 먹을 계획을 바꿀 생각은 없었다.

　"이번 주 토요일에 미리 약속했던 축구 경기 관람, 잊지 말도록. 너희는 응원할 준비해. 선생님은 삼겹살을 어떤 방법으로 먹을지 생각할 테니까. 대신, 삼겹살 파티 한다고 소문내고 다니지 마라. 여기저기서 얻어먹으러 달려들면 너희 먹을 게 있겠냐. 전교생을 다 먹이진 못해요. 비밀 지킬 것. 이상."

　김현수는 퇴근길에 안영배네 가게에 들러 삼겹살 오십 인분과 상추쌈, 재래기, 밑반찬 등을 주문했다. 영배 아버지는 이제 김현수에게 지나치게 친절했다. 김현수가 그러지 말라고 해도 어쩔 수 없었다. 반 아이들이 축구 경기를 보면서 먹을 고기라고 하자, 영배 아버지는 직접 학교로 시간에 맞춰 배달도 해 주고 고기 구울 불판도 준비해 주겠다고 했다.

"아, 오랜만에 저도 아들놈 경기하는 모습이나 봐야겠어요. 간이 떨려서 못 봤는데, 요즘 성적이 꽤나 좋다니 가 봐야죠. 우리 아들이 주전 선수 아닙니까. 하하하."

영배 아버지가 환하게 웃었다. 김현수는 학부모님도 계시면 교감 선생님도 아무 말 못 하겠지, 하는 생각에 기분이 좋아졌다.

5

선수들의 시간은 승리와 패배에 따라 밀도가 바뀐다. 패배 뒤에는 늘어지는 피로와 자책의 고통이 따른다. 안영배에게도 무기력한 하루와 일상이 반복됐다. 매 경기마다 컨디션을 유지하기란 쉬운 일이 아니었다. 겨우 버티고 있긴 하지만, 안영배의 승패는 경기에서 이기고 지는 문제가 아니었다. 안영배는 골대 앞에서 끊임없이 자신을 채찍질했다.

조용화와 김경식은 별로 친한 사이도 아니었고 성격도 달라서 원래부터 대화가 없긴 했지만 선생님과 고기를 먹은 날 이후로 더 멀어졌다. 조용화의 말대로 다음 날도 그다음 날도 아이들은 코치의 휘슬 소리에 맞춰 달리고 차고 굴렀다.

안영배는 골대 앞에 서서 무표정한 아이들의 얼굴을 보고 있었다. 표정은 얼굴 대신 그들이 차는 공에 담겨 있었다. 안영배는 지금 팀의 분위기가 어떤지, 선수들이 무슨 생각을 하고 있는지 대강 짐작했다. 분위기가 영 좋지 않았다. 손에 닿는 공의 감각, 동료들이 발끝으로 전한 느낌이 손끝에 닿을 때 그것을 느꼈다. 안영배는 이것이 자기 혼자만의 느낌은 아닐 거라고 생각했다.

고등학생들에게는 열심히 뛰어서 성적을 낸다고 프로 선수들처럼 연봉 인상이나 보너스가 오지는 않는다. 오로지 기대하는 것은 나이별 대표 팀이나 청소년 대표 팀에 발탁되는 것이었다. 패배한 날은 그런 기대마저 땅으로 떨어진다. 기대할 것이 없고 다 소용없다는 생각이 들면 선수들은 걷기 시작한다. 어린 시절부터 감정을 숨기는 데 익숙한 선수들은 발로 감정을 표현한다. 골대 앞에 선 안영배에게는 그것이 다 보였다.

처음 축구를 시작할 때는 안영배도 정말 잘하는 선수가 되고 싶었다. 이름을 날리고 좋은 팀에 들어가고 싶었다. 그래서 어떻게 하면 잘하는 것인지 보고 배우려 했다. 어떻게 하면 이기는지를 찾았다. 다른 선수들도 다 그런 것 같았다. 그렇게 모두 최선을 다했는데도 경기에서 지면, 패배를 납득하기 어려웠다. 누구의 탓도 할 수 없었다. 가장 마지막까지 공을 막아야 하는 안영배는 더했다. 승리와 패배가 반복되고 그런 감정들이 쌓여 갈수록 안영배는 잘하는 선수들보다는 오래 하는 선수들이 존경스러워졌다. 잠시 스타로 활약하는 선수 말고, 마흔이 넘도록, 화려한 조명 없이도 꾸준히 뛰는 선수들이 부러웠다.

나도 그럴 수 있을까. 이 그라운드를, 미친 듯이 날아오는 이 공을, 내 두 손을, 오래도록 믿을 수 있을까.

6

"개새끼!"

석지훈을 만나고 김민수와의 약속 장소에 나타난 이영호가 소리를 질러 댔다. 이영호는 수요일 저녁마다 상사에게 결재 서류를 올리는 부하 직원이 된 심정이었다. 석지훈은 날이 갈수록 사무적인 태도로 보고를 받고, 지시를 내렸다. 그러고는 봉투를 슥 내미는 것이다.

"수고했어. 앞으로도 수고해."

그러고는 어깨를 툭툭, 치고 일어나 가 버렸다. 그의 사무적인 태도와 경멸하는 표정에 이영호는 화가 치밀었다.

"뭐 그런 새끼한테 상처받고 그래? 비즈니스야 비즈니스. 아마추어같이 열 받지 말라고."

"시끄러. 네가 그 새끼 태도를 못 봐서 그래. 날 아주 개처럼 쓰다듬는다니까."

"좋겠네. 쓰다듬어 줘서."

김민수가 낄낄거렸다.

"그건 그거고. 우리 계획은 그대로 진행하는 거지?"

"그래. 질질 끌지 말고, 이번에 한탕 크게 하고 끝내야지. 더이상 그 개새끼 얼굴 못 보겠다."

"그런데, 내 몫은 얼마야?"

김민수가 능글능글 웃으며 물었다.

"약속한 대로, 20퍼센트."

"야, 그건 내가 대신 베팅하고 입금만 했을 때 이야기인 거고. 이번엔 좀 달라야 하지 않겠어? 내가 도와주지 않으면 어려울 텐데."

김민수는 여전히 실실 웃고 있었다.

"무슨 헛소리야."

"네 마음대로 득점하고 실점하고 북 치고 장구 치면서 굿을 할 수가 없다는 소리지."

어라, 이 새끼가…….

"그래서 어떻게 하자는 갈인데?"

"야, 베팅하고 입금하는 사람은 나라고. 꼬리를 물리면 내가 잡혀. 위험부담이 내가 더 큰 상황 아냐? 더구나 이번엔 우리 팀 경기니까 나도 당사자라는 말이지. 결국 덤터기를 내가 다 써야 한다는 소린데, 내가 뭐 때문에 그런 위험한 도박을 해야 하는지 네가 설명을 좀 해 줘라."

김민수의 얼굴에서 웃음기가 싹 가셨다.

김민수는 처음 이영호가 크게 한탕 하자며 제안했을 때 자신의 몫은 얼마나 될까 생각했다. 돈을 쥔 사람은 이영호가 분명했지만 무언가 불공평하다는 생각을 지울 수 없었는데, 이영호는 전혀 그런 생각이 없어 보였다. 돈을 쥔 사람은 자기가 모든 상황의 주인이라고 생각한다. 이영호가 석지훈에게 느끼는 감정을, 김민수도 이영호에게 느끼고 있었다. 늘 실실 웃음을 흘리는 김민수지만 그도 바보는 아니었다. 가만히 앉아 시키는 대로 해주고 손해만 볼 수는 없었다. 좀 더 확실하게 자기 몫을 챙겨 둘 필요가 있었다.

이영호는 이마를 탁 쳤다. 생각해 보니 김민수의 말이 맞았다. 꼬리를 자르려고 김민수를 통해 베팅했는데, 결국 그도 당사자였다. 애써 지어낸 미소로 이영호가 먼저 입을 열었다.

"야, 배분을 정하기 전에 얼마씩 낼 건지 먼저 생각해야 하는 거 아니냐? 생각해 보니 우리 그 이야길 빠트렸어. 천오백만 원 중에 각자 부담할 금액을 정해 보자고. 돈을 섞어야 이제 정말 동지구나, 하는 생각이 들걸? 넌 한 푼도 안 보태고 무임승차하겠다는 말이었냐 지금? 그건 안 되지. 무임승차엔 도덕적 해이가 발생해. 영어로 모럴 해저드."

경기장에 돈을 안 내고 들어오면 깽판 치고 나가 버려도 자신은 책임이 없다고 생각한다고, 그래서 경기장에는 항상 입장료가 있어야 한다고 감독은 습관처럼 말했었다.

"모럴 해저드? 무슨 개소리야. 돈을 안 내면 나를 믿을 수 없다는, 뭐 그런 말이냐 지금?"

"널 믿을 수 없다는 게 아니라, 좀 더 확실히 한 배를 타자고. 피를 섞을 순 없으니 돈을 섞자는 거야."

"그래서 어떻게 하면 좋겠는데?"

김민수의 얼굴에 다시 웃음이 실실 흘렀다.

"내가 천, 네가 오백. 바 분은 6대 4. 어차피 한탕이고 뭐고 걸리면 같이 끝장이야. 베팅하고 입금하는 수고에 대한 비용으로 이만큼 올려 주면 좋은 조건 아냐?"

오백을 내고 천오백을 베팅할 수 있는 기회, 혹은 천오백의 20퍼센트를 안전하게 가져가는 대신 위험을 감수하고 직접 뛰어들어 40퍼센트를 가져가는 재미. 김민수는 인생을 산다는 건 결국 이 몇 퍼센트의 재미를 위한 것이지 않을까, 생각했다.

"좋아. 그래, 이런 건 미리미리 확실하게 해 놓았어야 하는 건데 말이지. 괜히 걱정했잖아. 친구야, 우리 피는 진작 섞은 사이 아니냐. 이제 돈을 섞어 보자."

"그래. 한탕 크게 하고 끝내는 거야."

김민수와 이영호가 크게 웃으며 손을 맞잡았다.

김민수는 이영호와 헤어지고 돌아가는 길에 실실 웃으며 스마트폰으로 도박 사이트를 체크했다. 재미있는 세계였다.

아이들은 어디서 가져왔는지 야외용 테이블과 의자는 물론
가스버너까지 가져와 차려 두고 셀카를 찍으며 놀고 있었다.

김현수는 여기서 고기를 먹어도 될까, 안 될까, 누구한테 말해
야 하나, 확인을 받아야 하나, 허락을 받아야 하나, 감독관에게
는 뭐라고 말할까, 온갖 고민들로 가득 차 있었는데, 아이들은
거침없었다.

"선생님, 테이블에 깔 전지 사게 이천 원만 주세요. 히."

김현수가 지갑에서 이천 원을 꺼내 주자 아이들은 후다닥 달
려가서 전지 한 뭉치를 사 왔다. 테이블에 척척 깔더니 다시 셀
카를 찍었다. 김현수도 얼떨결에 불려 가서 어설프게 웃으며 사
진에 찍혔다. 아이들 얼굴보다 수십 배는 커 보였다. 아이들이
꺄르르 웃고 난리가 났다.

아이들은 한곳에서 구워서 나눠 줄 작정으로 고기 구울 테이
블을 따로 펼쳐 놓았다. 앉아서 먹을 테이블은 운동장을 향해
관전 모드로 펼쳐 두는 것도 잊지 않았다. 그렇게 모아 두니 감
독관의 자리를 크게 침범하지 않고도 공간이 남았다. 모두 앉기
에는 자리가 부족해 보였지만 일렬로 앉아서 경기를 볼 필요는
없었다. 앉거나 서서 제멋대로 축구 경기를 즐길 아이들이 김현
수의 눈에 이미 선했다.

"아마 다 오진 않을걸요?"

"그럼 좋지 뭐, 우린 고기 많이 먹고. 우린 일찍 와서 일했으니까 더 먹을래요."

"아, 안 되는데 많이 먹으면 살찌는데. 에이, 그래도 오늘은 먹을 거야."

"고기는 선생님이 구워 주시는 거죠?"

"그래, 날씨도 덥고 하니 오늘은 선생님이 구워서 배달하마."

아이들이 이렇게 말이 긇은 줄 김현수는 오늘 처음 알았다.

내가 이 아이들의 선생님이라고? 어허허.

김현수의 기분이 마냥 좋아졌다.

안영배의 아버지이자 김현수의 단골 삼겹살집 사장님이 트럭에 바비큐 그릴을 싣고 와서 숯을 달구어 불을 지피고, 상추, 깻잎, 마늘, 풋고추, 된장, 반찬거리들을 뷔페식당처럼 늘어놓았다. 어느새 아이들도 거의 다 도착했고 운동장에서는 양 팀 선수들이 몸을 풀기 시작했다. 햇볕은 뜨거웠지만 다행히 바람이 조금 불었다. 멀리에 우뚝 솟은 소나기구름이 웅성거렸다.

삼겹살 파티를 힐끗 보고도, 감독관은 말이 없었다. 야단법석을 떨며 먹기 시작한 아이들을 상대로 무슨 할 말이 있을까 싶기도 했다. 김현수는 고기랑 쌈을 좀 챙겨서 갖다줘야겠다고 생각했다.

"아, 말씀드리는 순간, 선수들이 입장하고 있습니다. 피파 페어플레이 깃발이 여기서도 등장하는군요, 형광색 깃발이 심판의 형광색 유니폼과 어울려 아주아주 예쁜데요, 우리도 하나 달라고 해 볼까요? 우리 교실에도 페어플레이 깃발, 필요하지 않겠어요? 어떻게 생각하십니까?"

"네, 페어플레이, 정말 필요합니다. 선수들 선발 라인업을 살펴보죠. 어, 그런데, 우리 반 삼인방이 다 나오진 않았군요. 아, 안타깝습니다. 삼겹살이 아까운 순간이에요."

아이들이 중계 캐스터와 해설자 흉내를 내고 있었다. 고기를 굽던 김현수는 운동장을 획 쳐다보았다. 조용화와 안영배는 없고 김경식이 보였다.

"어? 경식이만 나왔네? 골키퍼를 바꿨나 봐?"

"아, 안타깝죠. 골키퍼는 선발 자리를 한번 놓치면 찾아오기 힘들어요. 여기서도 로테이션 시스템을 가동하는 모양인가 본데, 어떻게 생각하십니까?"

"아, 그 잉글랜드 맨체스터 유나이티드의 알렉스 퍼거슨이 사용한다는 로테이션 말인가요? 웃기지 마세요. 그런데 오늘 선발 라인업은 1학년 선수들 위주인 것으로 보이죠?"

"그걸 제가 어떻게 압니까. 유니폼에 1학년 2학년 3학년 써 놓지도 않았는데 말이죠. 어쨌든 말씀드리는 순간 킥오프했습니다. 하늘색 유니폼의 은하공업고등학교가 왼쪽에서 오른쪽으로 공격합니다."

"아, 2학년 6반 김경식 선수, 파이팅입니다. 김경식 파이팅야!"

아이들이 제각각 김경식 파이팅을 외칠 때 김현수는 땡볕 아래 큰 우산을 들고 혼자서 경기를 지켜보고 있는 영배 아버지를 보았다. 하필 오늘 선발이 아닐 게 뭐람. 벤치에 앉은 안영배도 우산 쓴 사람이 아버지란 것을 알 텐데. 운동장에 진동하는 삼겹살 냄새를 맡고 대번 알았을 텐데. 김현수는 어쩔 수 없는 것들에 대해 생각했다.

주문한 오십 인분에 분명히 덤까지 얹어 주었을 삼겹살이 눈 깜짝할 사이에 사라졌다. 몇 명이 빠지고 스무 명쯤 왔으니 한 명당 삼 인분 정도씩 돌아가면 충분할 것이라 생각했던 김현수는 조금 미안한 생각이 들었다. 그러나 고기를 자르지도 않고 젓가락에 어묵꼬치처럼 푹푹 꽂아 들고 있는 아이들을 보고 얼마를 가져와도 모자랐을 것이라고 체념했다.

전반 이십 분을 넘어가고 있었다. 아직 양 팀 모두 득점은 없었다. 초반에는 신 나게 떠들어 대던 캐스터와 해설자 녀석들도 잠잠했다. 골이 안 터지자 재미가 없어졌는지, 아이들 몇 명이 젓가락 한쪽에 잘 구워진 삼겹살을 열 점 이상씩 꽂아 넣고 둘러서서 뭔가 하고 있었다. 김현수는 아이들에게 다가갔다.

"고기 많이 먹었냐?"

뒤에서 다가온 김현수를 눈치채지 못했는지 아이들이 화들짝 놀라며 뭔가 감췄다.

"뭐야? 뭘 감춰? 이리 줘 봐. 오늘은 수업 시간도 아니잖아. 안 혼낼 테니까 내놔 봐. 재밌는 게 있으면 같이 놀아야지, 짜식들."

아이들이 머뭇거리며 내민 것은 스마트폰이었다.

"이건데요. 그냥 재미 삼아 하고 있어요."

"이게 뭔데?"

"오늘 경기요."

"오늘 경기?"

"저흰 천 원씩밖에 안 해요. 진짜 천 원씩만 했어요."

"야, 이씨, 말하지 말라니까. 아, 진짜."

김현수는 머리 위에 갑자기 차가운 물이 쏟아진 듯 얼어붙었다.

"이게, 이거, 지금, 지금 이 경기라고?"

김현수의 눈앞에서 '은하공고 대 유성고'라고 적힌 배너와 '마감' 글자가 번쩍였다.

"저희도 몰랐는데 오늘 아침에 처음 알았어요. 오늘 처음 했어요. 진짜예요."

김현수의 얼굴이 심하게 일그러지자 아이들이 슬슬 피하기 시작했다. 휴대전화의 주인 한 명만 남았다.

"그래, 이거 스코어 맞히는 거냐?"

"네. 스코어요. 전반, 후반, 최종, 이렇게 세 개가 다 맞아야 돼요."

휴대전화 주인도 점점 표정과 몸이 굳어 갔다. 김현수는 아무 말 없이 스마트폰을 돌려주고는 운동장을 응시했다.

설마, 에이 설마.

"아, 김경식 선수, 저런 위험한 위치에서 파울을 범하네요. 아…… 엎드려서 일어나질 못하는데요, 무슨 상황인 거죠? 아, 다시 일어납니다. 표정이 상당히 안 좋은데요."

"프리킥 순간입니다. 아주 위험한 위치예요. 아, 아, 악! 아, 실점하고 마는군요. 안타깝습니다."

골이 들어갔다. 김경식이 파울로 내준 프리킥이 결국 골로 이어지고 말았다. 김현수는 '코치가 시키는 대로 하는 게 너무 싫어요'라던 김경식의 말이 떠올랐다.

뭔가, 비슷한 상황인데? 지난 경기랑. 에이, 쓸데없는 생각.

김현수는 주섬주섬 먹은 자리를 치우기 시작했다. 몇 명의 아이들이 도왔다.

"은하공고는 스페인처럼 패스 위주의 축구를 하는군요."

풀이 죽은 캐스터는 엎드려서 입만 움죽움죽 움직였다.

"네, 그냥 패스만 하는 축구죠. 스트라이커는 어디 갔나요."

해설을 맡은 아이도 두 손으로 턱을 괴고 말했다.

"아, 말씀드리는 순간, 다시 볼 뺏기는, 아, 아이고 저기서 들어가네요."

자세를 전혀 바꾸지 않고 캐스터가 말했다.

"네, 들어갔어요. 또 골이에요."

여전히 턱을 괸 해설자가 받았다.

운동장에 주저앉은 아이들은 아무 말이 없었다. 전반전이 끝났다. 스코어는 0대 2였다.

"선생님, 저는 이만 가야겠습니다. 가게를 오래 비울 수가 없어서. 고기는 맛있게 드셨는지 모르겠습니다."

"아, 네, 아버님, 덕분에 아주 잘 먹었습니다. 이거 설거지해서 갖다 드리겠습니다."

"아닙니다, 그냥 제가 가져가서 하지요."

영배 아버지가 바비큐 그릴과 접시, 반찬통 등을 트럭에 실었다. 빈 양철 반찬통에 쇠젓가락이 담겨 덜그럭, 요란한 소리를 냈다.

영배 아버지의 트럭이 멀리 교문에서 사라질 때까지 김현수는 그 자리에 우뚝 서 있었다. 답답한 기분이 사라지지 않았다. 비가 오려는지 맑았던 하늘이 어둑어둑 음산해졌다.

8

아이들 몇 명이 인사도 없이 가 버렸다. 경기도 뒤지고, 고기는 다 먹었고, 더 이상 있을 이유가 없다고 판단한 것을 뭐라 할 수는 없었다. 김현수는 먼저 간 아이들이 야속한 만큼 남아 있는 아이들이 더 기특했다.

"드디어 후반전이 시작되는군요. 아, 선수 교체를 하는 모양인데요."

"네, 그렇죠. 후반 시작과 함께 교체되는 선수들인가 본데, 몇 명인가요? 다섯 명? 아니 일곱 명이 교체됩니다. 아, 은하공고가 드디어 승부수를 띄웁니다."

"그런데, 선수 교체를 일곱 명이나 해도 괜찮은 건가요?"

"그건 저도 모르죠. 저기 선글라스 끼신 분한테 물어봅니다. 어서 가서 물어봅니다."

"안 해, 싫어."

후반전이 시작되자 다시 생기를 얻은 중계 팀이 목소리를 크게 냈다. 김현수는 중계가 재밌기도 하고 아이들의 경기 관찰력이 상당해서, 바로 뒷자리에 앉아 함께 낄낄거렸다. 운동장에 안영배와 조용화를 포함한 일곱 명의 아이들이 줄을 서 있었다. 형광색 옷을 입은 부심이 선수 교체용 전광판을 부지런히 바꿨다.

"아, 안영배와 조용화가 들어갑니다!"

"네, 드디어 들어가네요. 은하공고의 전략이 우수한데요? 전반에는 봐줬다. 이거 아닙니까. 이제 한판 붙어 보자, 이런 생각인 거죠? 고등학교 경기라서 다이내믹해요. 재밌어요. 신 나요. 아, 그런데 김경식 선수는 교체아웃되었나 봅니다. 모습이 안 보이네요. 어디 있을까요? 어쨌든 수고했어요. 김경식 선수. 야! 경식아, 수고했다! 안영배 조용화 힘내라!"

낄낄거리며 웃던 김현수도 두리번거리며 찾아봤지만 김경식은 벤치에도 천막 아래에도 없었다. 아이들은 보이지 않는 김경식을 향해 수고했다고 소리쳤다.

조용화가 의욕에 가득 차서 달렸다. 2점 차이로 뒤져 있으니 따라잡으려면 골이 절실했다. 거칠게 몸싸움했고, 볼을 잡으면 먼 거리에서도 슛을 날렸다.

"아, 조용화 선수, 골키퍼와 일대일 상황, 가볍게 제치고, 그렇지, 골입니다! 골!"

상대 팀 골키퍼가 골킥 상황에서 찬 공이 어이없게도 조용화 앞에 떨어졌다. 뒷걸음치며 수비 라인을 올리던 상대 수비들은 망연자실하며 쳐다볼 수밖에 없었다.

"아, 저쪽 골키퍼가 공을 안 차고 땅을 찼어요. 떼굴떼굴 구른 공이 조용화 앞으로 갑니다. 이런 걸 놓칠 리가 없죠. 조용화 선수, 한 골 따라붙으며 은하공고가 추격합니다."

골대 안에 들어간 공을 조용화가 재빨리 꺼내 킥오프 지점으로 갖다 놓았다. 바람이 거세져서 바닥에 놓은 공이 바람에 밀렸다. 멀리 하늘은 파랬는데, 깊이를 알 수 없는 구름이 선수들의 머리 위를 짓눌렀다. 검고 흰 구름이 뒤섞여 으르렁댔다.

유성고 선수들이 수비 라인에서 공을 주고받고, 조용화와 은하공고 미드필더들이 압박을 펼쳤다.

김현수는 후반전에 나와 골문을 지키고 선 안영배를 보며 트럭을 몰고 가던 안영배의 아버지를 떠올렸다.

아버지와 아들의 타이밍이란 좀처럼 맞지 않는 것이다. 거의 대부분은 아버지가 먼저 떠나고, 아들은 홀로 서게 되는 것이다. 조금만 더 기다렸으면 늠름한 아들이…… 어, 그런데 왜 저렇게 조용해?

안영배의 모습이 분명히 평소와 달랐다. 공격할 때 수비 라인을 밀어올리고, 수비할 때 수비수의 위치를 일일이 정해 주며 소리를 지르던, 그래서 운동장에 당연하다는 듯 울려 퍼지던 안영배의 목소리가 들리지 않았다. 골대 앞에서 잔걸음을 치지도 않고 두 무릎을 짚고 구부정하게 서서 전방을 바라보고 있을 뿐이었다. 거의 주저앉은 것처럼 보였다. 아버지가 가 버려서 마음 상했나? 김현수는 언제나 크게 동요하지 않고 침착한 안영배를 떠올리며 의아했다.

"쓰루 패쓰! 뜨루 패뜨!"

중앙에서 볼을 빼앗은 은하공고 미드필더가 유성고 수비 라인 사이로 패스를 찔러 넣었다. 왼쪽에서 수비 라인과 발을 맞추던 조용화가 패스하는 순간을 놓치지 않고 상대편 수비수보다 먼저 뛰어들었다.

"와우, 놀라운 패스예요! 조용화 다시 골키퍼와, 으잉?"

상대 팀 골키퍼가 엉거주춤한 자세로 각을 좁히며 나오다가 몸을 날렸는데, 몸을 날렸다기보다는 앞으로 엎어져 버렸다. 슈팅 페인트 모션을 하려던 조용화가 앞으로 엎어지는 골키퍼를 가뿐히 피하며 골대 안으로 공을 차 넣었다.

"네, 조용화 선수, 두 번째 골을 터트립니다. 왜 진작 투입하지 않았을까요? 혼자서 벌써 두 골. 놀라워요. 자랑스러워요. 훌륭해요. 야, 용화야 멋지다!"

"그건 그렇고 방금 골키퍼는 거의 몸 개그를 하네요. 이번 장면은 오프사이드가 아닌가 했는데, 득점으로 인정하는군요. 골키퍼의 두 번째 실수예요."

중계하던 아이들이 낄낄거렸고, 지켜보던 아이들 모두 우스워서 난리였다.

김현수는 안영배를 주시했다. 한 손으로 이마를 짚은 안영배가 상대 팀 골키퍼를 보며 깊은 한숨을 쉬는 듯했다. 김현수는 두 손을 동그랗게 말아 망원경 모양으로 만들어 보기도 하고 뿔테 안경을 이리저리 움직여 초점을 바꾸어 보기도 했지만 안영배의 표정은 잘 보이지 않았다. 때마침 하늘이 우르릉우르릉, 두 번 울더니 굵은 빗줄기가 쏟아지기 시작했다.

"아, 경기가 재미있어집니다. 엄청난 비네요. 역시 축구는 수중전이죠? 그렇지 않습니까?"

"네. 그렇지 않습니다. 집에 어떻게 갈래? 소나긴가? 그치겠지?"

갑자기 쏟아지는 비에 여기저기 흩어져서 경기를 지켜보던 사람들이 지붕이 있는 단상으로 모이기 시작했다. 감독관도 최대한 구석으로 책상을 옮겨 자리를 내주었다.

"괜찮아, 걱정하지 마. 금방 그쳐. 금방 지나갈 거야."

김현수는 중계하던 아이들이 두리번거리자 안심시켰다.

"경기는 이제부터 시작이죠?"

모여든 사람들이 웅성대고 단상의 지붕을 때리는 빗소리가 시끄러워서 중계하는 아이들은 거의 소리를 질렀다. 처음에는 재미로 시작한 아이들도 사람들을 의식했는지 더욱 진지해졌다.

"그럼요. 동점이니까 이제 시작인 거죠. 후반전에 상대의 공격이 맥이 없네요. 이대로 밀고 나가서 승리했으면 좋겠습니다."

"야, 안 된다. 이대로 끝내야 된다. 제발."

뒤에서 경기를 지켜보던 다른 아이가 끼어들었다.

"아니지, 한 골만 더 들어가서 3대 2로 이겨야 된다."

그 옆에 있던 아이도 끼어들었다. 김현수가 무슨 소린가 싶어서 쳐다봤더니 아까 스마트폰으로 도박 사이트를 보고 있던 아이들이었다.

"뭐, 어떻게 되든 난 이미 날렸음."

아이들은 뭐가 그렇게 웃긴지 허리를 젖히고 웃어 댔다.

"그래. 넌 뭘 하든 안 됨."

"넌 망함."

김현수가 한번 슥 쳐다보니 아이들은 입을 다물었다. 김현수는 무슨 말인가 하려다가 그만뒀다.

빗속에서 선수들은 처절하게 뛰었다. 물을 잔뜩 머금은 인조잔디가 질척거렸다. 공은 튀어오르지 않고 철퍼덕 떨어지거나 방향을 예측할 수 없는 곳으로 미끄러졌다.

"수중전에서는 중거리 슛이 들어갈 확률이 있어요. 과감하게 슛해야 합니다. 그렇지 않습니까?"

"그렇지 않을 리가 있습니까. 옳습니다. 슛해라, 슛!"

"네, 말씀드리는 순간, 코너킥 상황을 맞이하는데요. 기분이 쎄, 하죠?"

"쎄에, 하네요."

"코너킥! 어라, 저 골키퍼, 푸하하하."

지켜보던 사람들의 웃음이 터졌다. 웃음과 함께 온갖 조롱이 섞여 나왔다. 높이 뜬 코너킥을 쳐 내기 위해 뛰쳐나온 유성고 골키퍼가 공에는 손도 못 대고 허공을 때리면서 주저앉자, 뒤에서 기다리던 조용화의 머리에 공이 맞고 들어갔다.

"공이 와서 조용화의 머리에 맞았어요!"

"그런데 골이에요! 조용화 해트트릭! 좋습니다, 좋아요!"

"아, 역전, 은 했으나 뭔가 찝찝한데요. 저 골키퍼 오늘 왜 저러나요."

김현수는 또 안영배를 봤다. 안영배는 멀리서 등을 돌리고 골대 옆에 놓아둔 물통을 찾아 물을 마시고 있었다. 이 빗속에서 목이 타는 모양이었다.

"자, 이제 경기를 잘 리드해서 마무리하면 됩니다. 고교 축구도 수준이 아주 높아요. 골도 다섯 골이나 터졌어요. 엄청나요."

"은하공고의 감독이 후반전에 비가 내릴 것을 예상했나요? 일곱 명을 교체한 감독의 판단이 팀을 살려 내네요."

"이제 후반 사십 분을 향해 가고 있습니다. 이제 오 분만 더 버티면 돼요. 힘내세요, 선수들. 비가 많이 와요."

김현수가 걱정스러운 얼굴로 하늘을 올려다봤다. 검은 구름으로 뒤덮인 하늘이 우르릉우르릉 깊은 울음을 토했다.

"삐이이이익!"

다급하고 단호한 휘슬 소리가 하늘을 쳐다보던 김현수를 깨웠다.

"아, 저러면 안 되죠. 너무 깊은 태클. 조용화 선수가 쓰러집니다."

"여기서 보기에도 심한 태클이었어요. 조용화 선수 땅에 쓰러져 못 일어나는데요? 발돋을 움켜쥐고 신음합니다. 아, 정말 아픈가 봐요."

심판이 달려가 조용화의 상태를 살피더니 벤치를 향해 엑스

자를 그어 보였다. 들것을 든 아이들이 달려갔다. 대기하던 응급
의료 팀도 뛰어 들어갔다. 드러누워 신음하는 조용화의 머리 주
변을 동료 선수들이 둘러쌌다. 조용화는 빗물 때문인지 고통 때
문인지 눈을 뜨지 못했다.

　조용화가 들것에 실려 나올 때 비를 피해 단상에 모인 사람들
이 격려의 박수를 보냈다. 조용화는 곧바로 앰뷸런스에 실렸다.
의사가 함께 탔다. 앰뷸런스가 경기장을 빙 돌아 학교를 빠져나
갈 때까지 박수 소리는 계속됐다. 누군가 경기장에 벗겨진 조용
화의 축구화 한쪽을 집어 벤치로 던졌다. 형광색 바탕에 빨간
줄무늬가 세 개였다. 심판이 태클한 선수를 불러 옐로카드를 꺼
냈다.

　"이럴 수가요. 다치면 안 되는데. 앰뷸런스 탈 정도면 부러진
걸까?"

　"모르지. 야, 무섭다. 으으."

　"그런데 은하공고는 이미 일곱 명의 선수를 교체했거든요. 더
이상의 선수 교체가 허용되지 않으니 남은 시간은 열 명이 뜁니
다. 오 분 남았으니까 잘 지키면 돼요. 힘내요."

9

　"이건 말이 안 되지 않습니까? 감독관으로서 경기를 중단하

고 감독과 코치를 불러서 조사를 해야죠!"

김현수가 시뻘건 얼굴로 열을 올렸다. 흥분한 목소리가 갈 곳을 잃고 찢어졌다. 심장이 터질 듯이 뛰었다. 태어나 한 번도 내어 본 적 없는 음역과 음폭의 목소리를 내뿜었다.

"진정하시고, 일단 경기를 마무리한 뒤에, 심판과 양 팀 코치진을 모아 놓고 이야기하겠습니다. 진정하세요."

검은 선글라스의 감독관이 귀찮은 듯이 김현수를 밀쳐 냈다.

"아니, 이 사람아, 지금 진정하게 생겼어? 당신이 감독관 아니야?"

김현수가 이성을 잃고 삿대질을 해 댔다. 옆에서 보던 아이들이 김현수 주변으로 다가와 김현수의 팔다리를 잡았다.

"일단 비켜나 계세요."

김현수가 감독관과 실랑이를 벌이는 사이 경기 종료 휘슬이 울렸다. 은하공고 선수들은 망연자실한 채 운동장에 주저앉았고, 유성고 선수들은 벤치로 돌아가 물을 마시거나 축구화를 벗고 이야기를 나눴다. 안영배가 골대 앞에서 무릎을 꿇고 땅을 쳤다. 빗소리에 묻혔지만 어깨를 들썩이고 땅을 치며 통곡하고 있는 것이 분명했다.

경기 종료 오 분도 안 남은 상황에서 은하공고가 한 골을 실점했다. 밀집 수비를 펼치는 수비 사이로 힘없는 중거리 슛이 날아왔는데, 안영배가 공의 방향을 잘못 예측했는지, 역동작에 걸리며 주저앉아 버렸다. 공은 주인 없는 골 망을 흔들었다. 경기 재개 휘슬이 울리자마자 비슷한 상황이 또 벌어졌다. 공격수의 돌파를 예측한 안영배가 뛰어나왔지만 공에 다가가지 못하고 미끄러졌다. 빈 골대로 공이 들어갔다. 정말 말 그대로 눈 깜짝할 사이에 벌어진 일이었다. 중계를 하던 아이들도 말문이 막혀 말을 하지 못하고 '이게 무슨 일이죠? 이거 무슨 일입니까? 이거 뭐야?'를 반복했다.

김현수가 이성을 잃은 것은 팔십구 분에 유성고의 다섯 번째 골이 들어가고 난 직후였다. 안영배의 자책골이었다. 평범한 코너킥을 잡는 척하며 안영배가 공을 골대로 밀어 넣는 모습을 김현수는 너무나 분명하게 목격했다. 어금니를 꽉 깨문 안영배의 체념한 눈빛이 천만 배로 확대되어 김현수의 눈과 마주쳤다. 광분한 김현수가 '이거 뭔가 이상해, 뭔가 조작됐어!'라고 소리를 지르는 사이에 유성고의 여섯 번째 골이 들어갔다. 유성고 1학년 공격수가 거의 게임을 포기한 상태인 은하공고를 상대로 혼자 공을 몰고 들어가 골을 넣었다. 경기 감독관은 팔십칠 분, 팔십팔 분, 팔십구 분, 구십일 분에 각각 골이 들어갔다고 기록했다. 은하공고의 벤치에서 온갖 욕설이 다 터져 나왔다. 골을 넣은 1학년 공격수는 대체 자기가 뭘 잘못했냐는 표정이었다.

감독관이 운동장에 내려가 심판과 양 팀 코치진을 불러 모았다. 김현수도 씩씩대는 거구의 몸을 이끌고 운동장으로 달려 나가려고 했으나 아이들이 잡고 늘어지며 말렸다. 감독관과 심판이 뭔가 이야기를 마치더니 감독과 코치들을 제자리로 돌려보냈다. 경기는 일단 이대로 마무리하고, 의혹이 있다면, 축구협회에 경기 테이프를 전달한 후에, 관련자들을 불러 사전에 모의된 조작 사실이 있는지 여부를 밝혀내겠다고, 다시 돌아온 감독관이 김현수에게 설명했다.

경기장에 쓰러져 있는 안영배의 머리 위로 세찬 비가 내렸다. 아이들은 소리 없이 하나둘씩 사라졌다. 경기를 지켜보던 사람들도 각자 차를 몰고 떠났다. 김현수의 옆에 중계를 하던 아이들도 꾸벅, 인사를 하더니 빗속을 뛰어갔다.

10

석지훈도 경기장에 있었다. 먼발치에서 모자를 눌러쓰고 있다가 후반전에는 비를 피해 단상에 모인 사람들 틈에서 경기를 지켜봤다.

석지훈이 고교 리그를 종목에 넣기로 결심하게 된 계기가 지난 시즌 은하공고 대 유성고의 경기였다. 그래서 이 경기는 무조건 봐야겠다는 생각이 들었다. 사람은 믿을 만한 것이 못 된다. 누군가 3대 4 스코어에 천오백을 베팅했다. 어지간히 미치지 않고서야 그런 스코어에 천오백이나 베팅하지 않는다는 것을 석지훈은 잘 알았다. 더욱 이상했던 것은 그 아이디가 지난번 은하공고 경기에 오십만 원을 적중시킨 아이디라는 점이었다. 그날 경기 후에 기고만장하던 이영호의 목소리가 어렴풋이 떠올랐다.

석지훈은 유성고의 다섯 번째 골이 들어가는 순간, 자리를 털고 일어섰다. 천오백을 베팅한 놈이 잃었다.

돌아서서 가려는데 학생들과 경기를 지켜보던 뚱뚱보가 길길이 날뛰었다. 뭔가 이상하다며 이리저리 찢어지는 괴성을 지르는 모습이 발정 난 수퇘지가 따로 없었다. 어설픈 술수가 저 돼지의 눈에도 보인단다. 이영호 이 병신자식아.

제 발등을 찍으며 매달리는 멍청이들이라니. 다음 사업에 참가할 주인공들은 좀 더 영리하고 말이 통하는 인간이었으면 좋겠다고, 석지훈은 생각했다. 처음이라 즉흥적이었던 이번 사업은 여기서 접고, 좀 더 큰 무대에서, 좀 더 많은 메이커들과, 좀 더 판을 다룰 줄 아는 사람들을 찾을 때까지 일단 떠나 있는 편이 나을 것 같았다. 꼬리를 잡히지 않으려면 최대한 깔끔히 정리하고 멀리 도망가 있어야 했다.

어디가 좋을까, 잉글랜드? 스페인? 이참에 휴가나 좀 다녀와야겠군. 선진 축구도 배울 겸.

석지훈의 휴대전화는 꺼져 있다는 음성만 반복했다. 이영호는 애초에 그에 대해서 아는 것이 전화번호뿐이었다는 사실을 그제야 깨달았다. 이런 상황에서도 실실 웃음을 흘리는 김민수를 죽여 버릴까, 이를 갈다가, 넘어져 우는 선수들을 버려둔 채 석지훈과 만나던 곳에 찾아갔지만 그는 없었다. 석지훈의 휴대 전화는 곧 없는 번호라며 말을 바꿨다.

그동안 석지훈과의 거래로 챙긴 돈이 다 날아갔다. 본래 없던 돈이니 잃은 게 없는 건가. 이영호는 미칠 것 같았다. 아니, 이미 미쳐 있었는지도 모른다는 생각이 문득 들었다.

내가 뭘 한 거지.

도로에는 자동차가 가득했고, 비는 하루 종일 그치지 않았다. 길게 꼬리를 문 자동차들 때문에 사거리의 신호등은 무용지물 이었다. 이영호는 방향을 완전히 잃었다.

운동장에 주저앉았던 선수들이 다 사라지고 나서야 김현수는 일어섰다. 내리는 비를 다 맞으며 터덜터덜 걸었다. 할 수 있는 것이 없었다. 비라도 맞아야 할 것 같았다. 내리는 비를 온몸으로 받으며 공을 차던 아이들처럼, 이 비를 다 맞으면 답답한 마음이 사라질까. 도대체 무슨 일이 일어난 걸까. 김현수는 당장 안영배에게 달려가서 어떻게 된 일이냐고 묻고 싶었지만 그러지 못했다.

그냥 경기에 진 것뿐일 수도 있잖아. 질 때도 있잖아. 비도 오고, 그래서 시야도 가리고 손도 미끄러워서 놓쳤던 거잖아. 스마트폰으로 돈을 걸던 아이들 때문에 내가 과민했던 거야. 아닐 거야.

잘 모르는데 괜히 나서서 헛소리만 한 건 아닌지, 머릿속이 복잡해서 김현수는 걷다가 몇 번이나 헛구역질을 했다.

급하게 먹은 고기가 체했나. 확실치도 않은데 괜한 난리 법석을 일으킨 건 아닐까. 내가 뭘 한 걸까. 영배야, 미안하다. 할 수 있는 게 아무것도 없어.

11

떨리는 손으로 녹음기에 충전기를 꽂았다. 최대 녹음 지속 시간이 열 시간이라고 되어 있었는데, 전반전이 끝나고 합숙소로 몰래 들어와 꺼내 보니 배터리 경고가 깜빡이고 있었다. 김경식은 합숙소 컴퓨터 앞에 앉아 녹음기를 충전했다. 중요한 부분이 녹음되어 있기를 바랐다. 그사이 유니폼과 축구화를 벗고 옷을 갈아입었다.

김경식은 경기 시작 세 시간 전부터 녹음 버튼을 누른 채 녹음기를 켜 두었다. 숨길 곳이 마땅치 않아 맨살 위에 직접 붙였다. 왼쪽 겨드랑이 밑에 테이프로 튼튼히 붙이니 그다지 불편하지는 않았다. 하루 종일 테이프로 감긴 녹음기와 함께 뛰었다.

김경식은 체크해 두었던 도박 사이트에서 은하공고와 유성고의 경기가 스코어식 종목에 걸린 것을 확인했다. 금요일 저녁에는 다음 날 경기를 위한 브리핑이 있었고, 선발 선수 명단이 발표되었다. 코치는 상대 팀이 우리 팀 전력을 아주 잘 아는 팀이기 때문에 전력 노출이 덜한 1학년 선수들이 전반에 주로 뛰고 후반에 주전 선수들로 다량 교체하겠다고 말했다. 김경식은 자신의 이름이 선발 선수 명단 중앙에 있는 것을 보고 녹음기를 사용할 시간이 왔음을 직감했다.

후반전 시작을 알리는 휘슬이 들리기를 기다렸다가 김경식은 학교를 빠져나왔다. 경기장으로 모든 시선이 집중되어 있었다. 경기 중 무단이탈은 중징계 사유였지만 그는 이제 그런 규칙 따위는 신경 쓰지 않기로 했다. 아무도 가로막지 않았다. 김경식은 귀에 이어폰을 꽂았다.

경기 시작 삼십 분 전어 이영호는 김경식을 불렀다. 바람이 조금 강하게 불어 유니폼이 몸에 달라붙자 김경식은 녹음기를 들키지 않으려고 겨드랑이에 더 힘을 주어 열중쉬어 자세로 섰다.

"전반에 두 골만 내줘. 후반에 따라붙어 보게. 1학년 애들이 의욕만 너무 넘치잖아. 볼 돌리면서 페이스 조절하고. 가. 두 골 이상은 절대 내주지 마."

전반전에 밀릴 것이 당연하니 두 골 이상은 내주지 말라는 말인지, 두 골을 일부러 주라는 말인지 김경식은 조금 헷갈렸지만 다시 물어볼 수는 없었다.

나는 아직도 그를 믿으려 하는가.

분명히 그 말은 두 골을 일부러 내주라는 말이었다. 김경식은 자꾸만 고개를 쳐드는 불안함과 설마 하는 감정을 애써 잠재웠다. 심장이 미친 듯이 뛰었다.

학교를 빠져나온 김경식은 이어폰을 꽂은 채로 무작정 걸었다. 네 시간의 녹음 분량을 다 들을 필요는 없었지만 주머니에 넣은 손을 빼기 싫어서 그냥 처음부터 들으며 걸었다. 이십 분 정도 충전했지만 여전히 배터리 경고가 깜빡이는 작은 기계를 보며 불안했다.

딱 한 부분만 녹음되어 있으면 된다. 두고 보자.

김경식은 길가의 돌멩이를 걷어찼다.

김경식의 귀에 들리는 녹음기 속 세상은 낯설었다. 분명 이 소리는 세 시간 전에 자신이 뛰던 세상의 소리일 텐데, 전혀 익숙하지 않았다. 뚜렷한 소리는 가끔씩 짧게 삑삑 들리는 휘슬 소리가 전부였다. 사람의 말소리는 하나도 들리지 않았다. 녹음기가 팔에 쓸리고 부딪히는 소음이 들려올 때마다 김경식은 깜짝깜짝 놀랐다.

정처 없던 발걸음은 김경식의 집으로 향했다. 집은 걸어서 두 시간은 족히 걸릴 거리였다. 갑자기 비가 쏟아졌다.

빗소리와 녹음기의 잡음이 섞여서 신경이 곤두섰다. 빗소리에 그마저도 잘 안 들리자 김경식은 볼륨을 높였다. 아주 멀리에 파이팅을 외치는 소리, 휘슬 소리, 볼 차는 소리 같은 것이 들리는 듯했으나 정확히 구별하기 어려웠다. 김경식은 몇 시간 전의 자신을 기억하기 위해 애썼다. 슈팅 연습을 하다가 흩어져서 몸을 풀던 시간이었다. 코치가 김경식을 따로 불렀던 그 시간이 다가올수록 녹음기의 성능이 그리 좋지는 않은 것 같아 겁이 났다.

반 아이들이 삼겹살 파티를 하려고 모여들었고, 담임 선생님이 고기를 구웠다. 바람이 계속 불어서 비가 올 것 같았다. 파란 하늘은 저 멀리에 있었다. 바로 이 순간이다. 코치가 자신을 부를 것이다.

김경식은 잔뜩 긴장하고 두 손으로 귀를 덮었다. 걸음이 빨라졌다.

"……!"

개미만 한 소리가 나고,

"네, 코치님."

육중한 저음이 깊숙한 곳에서 울려왔다. 턱턱턱턱, 뛰어가는 소리가 이어서 들렸다. 바람에 옷자락이 스치는 소리가 거슬렸다. 김경식은 자신의 목소리가 생전 처음 듣는 사람의 목소리처럼 낯설었다. 온몸에 전류라도 흐르는 듯 머리카락이 한 올 한 올 살아나 움직였다.

"전반에…… 후반…… 1학년……."

아, 안 돼!

김경식은 제자리에 으뜩 멈춰 섰다. 주머니에서 녹음기를 꺼내 움켜쥐고 한 손으로는 이어폰을 꾹 눌러 귓구멍으로 밀어 넣었다. 녹음기가 무언가에 의해 가로막힌 듯 코치의 말이 중간중간 끊어져 무슨 소리인지 알아듣기 힘들었다. 되감기 버튼을 눌러 다시 들어 보아도 마찬가지였다. 더욱 심해진 빗소리에 그마저도 잘 들리지 않자 김경식은 다급해졌다.

김경식은 빗소리를 피해 가까이 있던 아파트로 뛰어 들어갔다. 조용한 곳을 찾아 엘리베이터에 올랐다. 마지막 버튼에 18이라고 적혀 있었다. 버튼을 누르고 다시 바지 주머니에 손을 찔러 넣었다.

엘리베이터가 '18층입니다' 할 때, 김경식은 중요한 순간에 녹음기를 꾸욱 눌러 버린 강한 힘의 정체를 느꼈다. 열중쉬어 자세로 코치의 말을 듣고 있는 자신의 모습이 불현듯 떠올랐다. 녹음기를 들킬지도 모른다는 생각에 겁먹은 병신 하나가 부들부들 떨며 서 있었다.

귀가 아플 정도로 볼륨을 높여 보았지만 코치의 말은 제대로 들리지 않았다. 아주 중요한 순간에 제 기능을 상실해 버린 녹음기는 아무런 증거도 되지 못하는 쓰레기였다.

김경식은 18층 아파트 복도에 주저앉았다.

난 뭘 한 걸까. 이런 바보가 세상에 또 있을까……

김경식은 녹음기를 밖으로 던져 버렸다. 땅에 떨어진 녹음기가 박살 났다.

12

이날 경기의 감독관이 축구협회에 올린 공식 보고서에 따르면 경기 진행과 결과에 대해 사전 조작되었다고 주장하는 관중이 있었으며, 경기를 담당한 심판은 '경기 진행에 무리는 없었고 득점이 많이 났는데, 후반부터 쏟아진 비의 영향이 컸다'라고 진술했다고 한다. 축구협회는 홈페이지를 통해 '유성고와 은하공고의 12라운드 경기에 제기된 의혹과 결론'이라는 제목의 글로 공식 입장을 발표했다. 축구협회는 '의혹을 제기한 관중의 요구로 경기 영상을 분석하고 심판과 감독관의 증언을 종합한 결과, 축구 경기에서 흔하게 일어날 수 있는 상황이라는 결론에 도달했다'라는 문장으로 요약하며 의혹설을 일축했다. 그러나 상황을 뒤늦게 파악한 챌린지 리그 소속 타 학교 감독과 코칭스태프는 유성고와 은하공고가 미리 짜고 벌인 경기가 틀림없다며 재조사를 요구했다. 이에 축구협회는 다시 상벌 위원회를 개최, 의혹에 대한 진실을 철저히 규명할 것을 약속했다. 문화체육관광부도 성명을 통해 축구협회의 보다 성실하고 책임 있는 진상 규명을 촉구한다고 밝히고, 감사 직원을 파견해 조사 과정에 참여할 것을 알렸다. 축구협회의 추가 조사 결과에 관심이 집중된다.

우주신문, 이지필 기자. easy@woojoo.com

은하공고와 유성고의 12라운드 경기는 '고교 축구 승부 조작

의혹'이라는 제목으로 인터넷 언론을 잠깐 달구었지만 그뿐이었다. 김현수는 인터넷 신문마다 댓글을 달고 분노를 표시했다.

기자들은 축구협회의 공식 발표를 기다려야 한다, 혹은 담당자들의 진술을 토대로 경찰의 조사가 필요하다, 하는 식의 기사를 썼지만 어느 하나 구체적인 대책은 없었다. 오직 축구협회의 결정만이 남아 있었지만 한 주가 다 가도록 소식이 없었다.

축구협회의 결정이 있을 때까지 은하공고의 경기는 잠정 연기되었다. 선수들은 모두 합숙소에서 나와 집으로 돌아갔다. 안영배도 집으로 돌아가 식당의 일을 도왔다. 김현수가 두어 번 찾아갔지만 안영배는 선생님 앞에서 말이 없었다. 김현수도 말을 못 했다. 경기장의 제일 뒤에 서서 제일 멀리 있는 동료에게 소리를 지르던 안영배의 모습을 다시 볼 수 있을 것인지, 김현수는 알 수 없었다.

조용화의 발목 골절은 심각했다. 두 달 이상 입원해야 하고 재활에 여섯 달 이상 걸릴 것이라고 의사가 말했지만, 축구를 계속할 수 있는지 없는지 자꾸 물어보는 조용화에게 의사는 경과를 지켜봐야 정확히 알 수 있다며 얼버무렸다. 김현수가 만화책을 빌려다가 조용화의 침대 위에 놓아 주었다.

"역시, 제가 빠지니까 바로 경기가 뒤집혔네요."

"그렇더라고."

"아, 그런데 선생님은 왜 그렇게 흥분하셨던 거예요? 애들이 와서 이야기해 주는데 상상이 안 됐어요. 영배가 자책골을 넣었다니, 그것도 좀 어이없고. 복잡하네요."

"그래, 그렇겠네. 글쎄, 선생님은 왜 그랬었는지 지금은 잘 생각이 안 나."

"축구는 밖에서 보는 거랑 좀 다르니까요. 그때 내가 있었어야 하는 건데. 에이, 잘 해결되겠죠."

"그래야지. 넌 의사 선생님 말씀 잘 듣고. 만화책 다 보면 문자해라. 가지러 올 테니. 참고로 반납 기한 2박 3일이다. 늦으면 연체료는 네가 내고."

"으아, 재미도 없는 축구 만화를 2박 3일 안에 봐야 하다니, 빨리 나가야겠네요. 와 주셔서 감사합니다. 빨리 나아서 두 발로 걸어 나갈게요."

앞으로 최소 두 달은 꼼짝없이 목발 신세일 녀석이 애써 밝은 척을 하는 모습이 안쓰러워 김현수는 씁쓸했다.

13

축구협회에 출석한 ㅇ영호는 이렇게 말했다.

"전반에 1학년 학생들 위주로 경기를 한 것은 맞습니다. 현재 리그 1위라 여유도 있었고, 또 그래도 이길 것 같았거든요. 유성고와 은하공고는 서로 잘 안다고 생각해서 드러나지 않은 선수들 위주로 해 보자는 생각도 있었습니다. 그런데 안 되겠더군요. 후반에 일곱 명을 교체했습니다. 비가 그렇게 많이 올 줄 누가 알았겠습니까. 인조 잔디 위에서 그런 비가 쏟아지면 국가 대표 선수가 와도 실수가 많습니다. 종료 직전에 네 골이 들어간 것도 그런 이유가 크지 않나, 생각합니다. 과거에 차범근 선배님도 국제경기에서 오 분에 세 골을 넣는 기염을 토하지 않았습니까. 결론을 다시 말씀드리자면, 결코 조작하지 않았고 사전에 모의도 없었습니다. 그럴 이유가 없습니다."

유성고 감독은 이렇게 말했다.

"우리 팀 골키퍼가 어이없는 실수를 연달아 한 것은 사실입니다. 주전 골키퍼가 있는데, 몸 상태가 안 좋아서 경기 직전에 교체했습니다. 경기 경험이 전혀 없는 선수고 골키퍼를 시작한 지 아직 일 년도 안 됐습니다. 그래도 없는 골키퍼를 만들어 낼 수는 없으니 경기에 내보냈는데, 내가 봐도 부끄러울 정도로 실수가 많았습니다. 인정합니다. 그런데 실수를 어떻게 조작이라고 몰아세울 수 있습니까? 그 선수의 심정을 생각한다면 그런 말 못 합니다. 골키퍼가 불안하니 최대한 공격하라고 지시했고, 지금 팀이 4위까지 처져 있는데, 전반기에 3위권에 진입 못 하면 후반기에도 3위 안에 들기는 어렵다고 판단했습니다. 나중에 골득실이 우선 적용되니까 무조건 득점하라고 했는데, 마지막에 들어간 골은 좀……. 1학년 선수가 의욕이 넘쳐서 그랬던 것 같습니다. 선수들 마음도 이해해 줘야 합니다."

14

 인터넷으로 축구협회의 공식 발표와 기자회견 내용을 접한 김현수는 곧바로 안영배를 찾아갔다. 안영배도 스마트폰으로 기사를 읽고 있었다. 긴장한 엄지손가락 끝이 떨렸다.
 "왜 우리한테는 아무도 안 물어볼까요?"
 김현수는 어른으로서 뭔가 설명해야 한다는 생각이 들었지만 대답할 말이 떠오르지는 않았다.
 "우리한테 물어봐야지 코치가 어떤 지시를 했는지, 우리가 뭘 어떻게 했는지 알죠. 경기를 뛴 사람은 우린데, 왜 코치한테만 물어보고 끝내요?"
 "그게, 그, 법적인, 그러니까, 운영상 법적인 책임이 감독과 코치한테 있으니까. 아니지, 그러니까, 흠."
 김현수는 말문이 막혔다.
 영배 아버지가 큼지닥한 참외를 깎아 내왔다.
 "장마 시작되면 참외가 맛이 없답니다."
 "고맙습니다. 아버님."
 "너희들한테 물어보지 못하는 건, 너희가 책임을 질 수 없기 때문이다. 직접 경기를 뛴 사람은 너희들인데, 왜 코치가 가서 조사받고 해명하고 있겠냐. 코치들이 책임을 져야 하는 일이니까, 너희에게까지 책임을 묻는 상황이 되는 걸 원치 않으니까 그러는 거지. 코치가 너희들 막아 주려고."

영배 아버지가 담담하게 말했다.

"잘못이요? 우리가 대체 뭘 잘못했는데요?"

안영배의 눈에서 굵은 눈물이 뚝뚝 흘렀다. 영배 아버지는 일어서서 주방으로 돌아갔다.

"영배야, 선생님한테 사실대로 말해 줄래?"

김현수는 말을 해 놓고 덜컥 겁이 났다.

"사실대로 말하면 세상이 들어 줄까요?"

"듣겠지."

"그럼 절 동정이라도 할까요?"

"동정을 해?"

"똑같은 놈이라고 욕하지 않을까요? 제가 사실대로 말하는 순간 저도 똑같은 놈이 되어 버리고, 전 축구를 그만둘 수밖에 없겠죠. 제가 코치를 고발하고 제 잘못을 시인한다고 제가 용서받지는 못하겠죠. 다신 축구를 할 수 없겠죠."

"영배야……."

"전 그러기 싫었어요. 하지만 시키는 대로 할 수밖에 없다고요. 코치가 말하는 대로 하기 싫다고, 하면 안 된다고, 아무리 생각해도 몸이 말을 듣지 않아요. 시키면 다 하도록 입력된 기계 같아. 내 몸이, 내 몸이 내 것이 아니에요."

목까지 올라온 말들ᄋ 갈 길을 잃고 되돌아가 버리는지, 안영배는 자꾸만 숨을 크게 들이쉬었다.

"삼키지 마, 삼키지 달고 다 말해. 그리고 선생님하고 방법을 찾아보자."

꺼이꺼이 울기만 할 뿐, 안영배는 더 이상 말이 없었다. 김현수는 믿음직하지 못한 자신이 부끄러웠다.

15

축구부가 거의 해체 지경에 빠지자 김현수는 모든 일이 자신의 난동으로 일어난 얼이란 생각에 힘들었다. 괜한 짓을 해서 아이들의 앞길을 막아 놓았다는 생각에 절망했다.

감독과 코치는 끝까지 잘못을 인정하지 않았지만 더 큰 의혹을 만들지 않기 위해서인지 축구협회는 그들을 징계했다. 은하공업고등학교는 올해 리그에서 남은 경기에 참가할 자격을 박탈당했다. 선수들은 일 년짜리 자격정지에 빠진 것이나 다름없었다. 졸업을 앞둔 3학년 선수들은 받아 준다는 팀을 찾아 전국으로 흩어졌다.

조용화는 아직 완전히 회복되지 않은 발목으로 독일로 떠났다. 우선 발목이라도 더 나은 곳에서 치료받는 게 좋겠다고 판

단한 듯했다. 경기 중 무단이탈이 발각된 김경식은 축구부에서
제명되었다. 자격정지에 빠진 축구부에서 제명되는 일이 어떤
의미인지 아무도 말하지 않았다. 김경식이 학교에 나타나지 않
아 김현수는 김경식을 찾아다녔지만 축구부였던 아이를 누가
책임져야 하는지 아무도 가르쳐 주지 않았다.

　누구도 김현수를 탓하지 않았다. 마찬가지로 괜찮다고 말하
는 사람도 없었다. 교감 선생님은 12라운드 경기와 관련된 김현
수의 난동과 삼겹살 파티에 대해 전해 듣고는 한숨만 쉴 뿐 말
이 없었다. 축구부의 일과 관련해 이야기하는 것은 일종의 금기
가 되었다. 주변의 침묵 속에 김현수의 자책은 커 갔다. 아직 어
른 세계의 룰을 완전히 익히지 못한 김현수의 눈에 조용한 세상
은 형벌이었다.

　안영배가 전학할 때 김현수는 필요한 서류들을 챙겨 주었다.

　"괜찮겠어?"

　"그럼요. 연락할게요."

　"힘내라. 넌 잘할 거야."

　"고맙습니다."

　안영배가 꾸벅 인사하고 교무실을 빠져나갔다.

　김현수는 자신이 어쩔 수 없는 안영배의 선택이 두려웠다. 그
결심 속에는 분명 자신이 책임져야 할 부분도 있을 것이었다. 하

지만 자기 삶도 책임지지 못하는 사람이 선생이란 이유로 아이의 삶에 끼어들 자격이 있는 것인지, 김현수는 절망했다.

김현수와 달리 안영배는 편안해 보였다. 이건 내 삶이잖아요, 하고 안영배의 표정이 말하고 있어서 김현수는 입을 다물었다. 안영배는 이제 꿈을 꾸는 아이들을 돕는 사람이 되겠다고 했다. 어쩌면 골키퍼 안영배는 늘 그런 생각을 하고 있었는지도 모르겠다. 뛰는 선수들의 맨 뒤에서 항상 소리를 지르며 응원해 왔으니.

김현수는 그저 더는 그 아이를 방해하고 싶지 않았다. 괜히 훈련에 끼어들어 기합이나 받게 하고, 고기를 사 주겠다고 해 놓고 얻어먹은 꼴이 되고, 경기를 응원하겠다고 해 놓고 아예 축구를 그만두게 만들어 버렸으니, 할 말이 없었다.

미안하다는 말을 했어야 하는데.

안영배가 나간 문을 김현수는 오래도록 응시했다.

16

"아흔여덟, 아흔아홉, 백."

안영배가 사이드라인을 따라 걷고 있다. 손에는 형광색 체크 무늬가 새겨진 깃발을 들었다. 경기장마다 규격이 조금씩 달라서, 안영배는 방문하는 구장마다 보폭으로 너비를 재는 습관이 생겼다. 이번 경기장은 지난번 중학교보다 열 걸음이나 더 길어 어린아이들이 힘들겠다고 생각했다.

이제 방향을 바꿔 골대가 있는 엔드라인을 따라 걷는다.

"쉰일곱, 쉰여덟, 쉰아홉, 예순."

엔드라인도 역시나 더 길다.

안영배는 늘 서 있던 자리를 지나며 아무렇지도 않으려 애써 본다.

페널티박스는 규격이 정해져 있지만 전체 경기장은 범위만 지정하고 있다. 경기장 규격의 차이에 따라 홈팀의 축구 스타일도 달라진다. 축구도 장기나 바둑처럼 사각의 틀 안에서 펼치는 전술 싸움이라면, 경기장마다 선수들의 스타일도 달라질 수밖에 없다. 경기장의 환경이 그만큼 중요하다.

그러나 가장 중요한 것은 달라지지 않는다. 안영배는 여전히 코치의 처음 그 말을 기억하고 있다. 몇 번이나 되새기고 곱씹어 본 말이었다.

골키퍼가 실점을 두려워하면 안 된다니, 그 말은 비겁한 거짓말이다. 골키퍼는 오직 실점만을 두려워해야 한다. 체중을 가득 싣고 묵직하게 날아오는 강한 슈팅, 공만 보며 달려드는 공격수와의 강한 충돌, 관중들의 끊임없는 야유와 욕설, 경기장 밖에서 일어나는 온갖 더러운 거래들, 골키퍼가 두려워하지 말아야 할 것은 바로 그것들이다.

보폭으로 규격을 잰 후에 골대로 이동한다. 골포스트는 튼튼

한지, 크로스바는 휘거나 내려앉지 않았는지, 그물에 구멍이 나거나 이물질이 있지는 않은지 일일이 검사한다. 직사각형의 그라운드 안에서 스물두 명의 꿈이 펼쳐질 테니, 신중해야 한다.

경기장과 선수들의 준비가 끝나면, 선발 선수들은 줄을 서서 대기한다. 페어플레이 깃발이 가장 먼저 입장한다. 그 뒤로 주심과 부심이 따라 들어와 자리를 잡는다. 양 팀 선수들이 그 뒤를 따라 일렬로 들어와 심판진을 중심으로 좌우편에 도열한다.

나는 그때 내가 너무 싫었다.

"조작은 내가 한 거예요."

나는 한참을 바보같이 울고 난 후에 겨우 말했다. 선생님은 놀라 말을 잇지 못했는데, 그렇게 한 십 분간 또 울었다. 어디서 그 많은 눈물이 나온 건지는 잘 모르겠다. 아마 거기서 선생님이 말을 한마디라도 했으면 나는 그냥 뛰쳐나가 버렸을지도 모른다. 선생님이 아무말도 없어서 나는 울기를 멈추고 내가 방금 한 말을 생각했다. 내가한 거라니, 눈앞이 깜깜했다.

"내가 했어요. 내가 자살골을 넣었잖아요."

이상하게도 자살골, 이라고 똑똑히 발음하고 나자 눈앞이 너무나 선명해졌다. 눈앞에 앉아 있는 사람이 누군지, 내가 한 일이 무엇인지, 나는 이제 무엇을 하고 싶은지 너무나 또렷이 느껴졌다. 그때 나는 실수로 나의 골대로 공을 집어넣은 것이 아니라, 살기로 가득 차 내

마음속 깊은 곳을 향해 불덩이를 집어던졌던 것이다.

코치는 분명 두 골이라고 했다. 전과 똑같았다. 내 몸은 습관처럼 차
렷 자세를 하고 대답했다. 그리고 경기 내내 프로 팀에 자리를 만들
어 주겠다는 말을 고민했다. 나는 비겁한 병신처럼 누가 시키지도
않은 차렷 자세를 하고 코치의 그 말을 은근히 기대했던 거다. 코치
가 언제 또 그런 제안을 해 주진 않을지 굶주린 늑대처럼 기다렸는
지도 모른다.

골대 앞에 서 있었던 사람은 누군가에 의해 지배당한 껍데기였다.
아무 말도 없는 선생님 앞에서 그걸 갑자기 깨달았다. 내가 자살골
을 넣자 정말 미친 사람처럼 날뛰던 그 선생님, 이 사람이 내 외침을
들은 거였어! 그러자 나는 뭔가 할 수 있을 것 같았다.

홈팀의 주장이 팀원들을 이끌고 먼저 심판들과 악수를 하며
지나간다. 그들은 페어플레이 깃발 앞에서 정정당당한 승부를
약속하는 의미로 악수를 나눈다. 신사의 나라에서 시작된 이
스포츠는 승부보다 명예를 더 높이 산다. 정정당당한 승부가 아
니라면 승리도 거부할 줄 알아야 한다.

안영배는 주심의 왼편에 서 있다. 안영배는 대한축구협회 공
인 3급 심판이 됐다. 진정 승리하는 일은 다시는 그런 불행이 일
어나지 않게 하는 일이라고 안영배는 여러 번 생각했다. 심판 안
영배가 한 명 한 명 손을 잡으며 그들과 눈을 마주친다.

여기 서서 이들의 무언의 외침까지 들으리라. 그리고 다시는 이 신성한 판을 지배하려 드는 힘을 허용치 않으리라. 그들이 세상의 룰을 이곳의 법과 바꿔치기하려 할 때, 가차 없이 레드카드를 꺼내 들어 보이리라. 잊어서는 안 되는 것들을 기억하게 하리라.

안영배는 마지막으로 걸어오는 골키퍼와 힘차게 악수했다.

작가의 말

몇 년 전에 이상한 뉴스를 봤다. 한 축구 경기에서 앞서 나가던 팀이 후반전 구 분을 남겨 두고 내리 다섯 골을 실점했다. 고교 축구였고, 뉴스에서 이 경기를 승부 조작 사건이라고 불렀다. 가담한 선수들과 코치, 감독이 징계를 받았다.

나는 막판에 실점한 골키퍼를 오래 떠올렸다. 골키퍼는 작정하고 마지막 구 분간 실점했다. 팔십일 분간 이를 악물고 서서 골문을 지키며 버틴 것이다. 그건 경기를 조작하려는 어른들에게 그가 할 수 있는 유일한 반항이었고, 진실을 알리려는 피나는 노력이었다. 나는 뒤늦게야 그 의미를 발견하고 씁쓸했다. 아이들에게 몹쓸 짓을 하는 어른들이 버젓이 살아서 선생 노릇을 하는 세상이 너무 부끄러웠다.

나는 그에게서 희망을 보았다. 희망의 울림을 간직하고 긴 글을 썼다.

미안하다는 말을 하고 싶었다. 이름도 얼굴도 모르는, 과거 어느 기사 속 인물들에게.

누구나 골키퍼의 숙명을 안고 산다고 생각한다. 절대 열어 주어선 안 되는 문이, 누구에게나 존재한다. 어린아이에게도, 학생에게도 그건 마찬가지다. 어떤 상황이든 그 문만은 지킬 수 있도록 해야 한다. 그게 이 사회의 분위기라면 좋겠다.

김재성

플레이 플레이, 은하고

ⓒ 김재성 2013

1판 1쇄 2013년 6월 27일 | 1판 4쇄 2019년 11월 11일

지은이 김재성 | 펴낸이 염현숙
책임편집 서정민 | 편집 엄희정 원선화 이복희 | 디자인 이지선
마케팅 정민호 박보람 나해진 최원석 우상욱 | 홍보 김희숙 김상만 오혜림 지문희 우상희
제작 강신은 김동욱 임현식 | 제작처 미광원색사(인쇄) 중앙제책사(제본)
펴낸곳 (주)문학동네 | 출판등록 1993년 10월 22일 제406-2003-000045호
주소 10881 경기도 파주시 회동길 210
전자우편 kids@munhak.com | 홈페이지 www.munhak.com
카페 cafe.naver.com/mhdn | 페이스북 facebook.com/kidsmunhak
트위터 @kidsmunhak | 북클럽 bookclubmunhak.com
대표전화 (031)955-8888 | 팩스 (031)955-8855
문의전화 (031)955-8890(마케팅) (02)3144-3237(편집)

ISBN 978-89-546-2152-6 03810

이 도서의 국립중앙도서관 출판예정도서목록(CIP)은 서지정보유통지원시스템 홈페이지(http://seoji.nl.go.kr)와
국가자료공동목록시스템(http://www.nl.go.kr/kolisnet)에서 이용하실 수 있습니다.(CIP제어번호: CIP2013007003)